U0589863

血雨腥风,走过了抗战八年,养成了"一介武夫"
的外观。农民的儿子终于长大了,在照相馆中
还有点腼腆。

背后是藁城伪县衙照壁，院中矗立着一座五层大岗楼，石德路上火爆的最后一站，日本鬼子结束了它可耻的历史。[上]

正是历史大飞腾的一九四八年，随杨成武兵团转战塞北察南。虽然是广漠千里，风刀霜剑，战友们无不是雄姿英发，眼望蓝天。[下]

钻在朝鲜火线的战壕里面,观察三百米外的美军前沿。战士们常喊我"徐记者",闹不清我是怯懦呢,还是勇敢?[上]

朝鲜的山水是最美最美的,她本该孕育温馨的和平,可惜啊,山那边正炮火轰鸣,把一场恋人情话也搅得难以轻松。[下]

正是青春年华，肩扛两杠一花。道是前途无量，右派帽子等他。

从"右派"刚变成"摘帽右派",分到保定文联当工作人员。来此观光的孙犁毫不"见外",同我合影在满城抱阳山。[上]

中立者是我的姐姐徐志民,右边乃妹夫刘砚田,脚下是姐姐带民工建成的雄县大桥,万石军粮弹药曾从这儿流往前线。伟大的平津战役即将开始,命令是:大桥三日不成,"请提头来见!"[下]

温温馨馨一张"全家福",小儿子还不知羞耻地光着屁股,"文化大革命"正闹得人们走投无路,这贪生的一家不知该笑该哭······

团坐麦场上，老农亦老兵。荡荡烟尘路，蔼蔼故人村。包产刚到户，温饱才称心。光景往前看，无不笑吟吟。［上］

一辈子喜欢着祖国的战士，叹只叹也有"代沟"横在我们中间。东海的雁荡山高耸入云，高不过我心底的这份热恋。［下］

丁玲作古了，但还紧张地立在画框之中，她心里放不下的事太多太多了，包括从小当兵的我和李涌。[上]

转眼间妻子已到六十大寿，从愁中冲出来都忘却了愁，往日里相濡以沫，今朝里相濡以酒。[中]

从湘西买来一只竹篓，背孙女，背希望，也背忧愁。铁凝看了这照片一阵发笑，说我一辈子都像老黄牛。[下]

百年人生

昨夜西风凋碧树

徐光耀 著

北京出版集团公司
北京十月文艺出版社

目录

热
土

一、傻 子

我五六岁的时候，人们都管我叫"傻子"。

其实我有个很好听的乳名，可谁也不叫，我父亲，我姐姐，我的街坊邻居，连我的小妹妹，都叫我"傻子"。奇怪的是，不论谁叫，我都答应，很习惯，很自然，一点儿也没有什么不舒服。

终于有一次，姐姐很严厉地嘱咐说："再有人叫你'傻子'，不许答应了，你都快上学了！"

当天，走在街上就碰到有人叫，我便马上抗议："我不叫傻子，我叫玉振。"人家就哈哈大笑，笑我的抗议简直是将黑作白，更显得傻气。

第一个不再叫我"傻子"的是姐姐。我四岁时失掉了母亲，把我拉扯大的，就是姐姐。

家很穷，父亲脾气暴，天天骂我们这几个孩子是"催命鬼"，是"债主"，是他"前世欠了账的冤家"！刚拿得动镰刀，他便让我去割草；刚提得动木筲，他便让我去打水。有一个早晨，我好不容易打满半筐草，蹚着露水，拖着泥鞋，一进家门，父亲便骂："半天就打了这么一丁点儿来？看你有脸端我那碗粥！"姐姐就赶忙拉我到一边，替我揉那压肿的肩膀，悄悄地，含着泪，一句话也不说。

姐姐一生都没有进过学校，可她支持我上学。父亲说："上学？每天少打一筐草，还要拿学费，哪有那个闲钱？"姐姐说，每人每天省一口，她自己省两口，一年还省不出两块钱来？！——这样，我就上学了。因为上得不容易，学起来就不敢太撒懒，年终一考试，我闹个第二。姐姐得到了证明：这个弟弟不算太傻。

父亲也有好脾气的时候。冬天，夜很长，点不起灯油，吃过晚饭，睡觉吧，太早；不睡吧，枯坐愁城，又太没意思。孩子们小，大人过于威严，家常话也拉不起来。也是憋出来的法子，父亲自告奋勇：说笑话。这当然大受欢迎。于是夜复一夜地听笑话：《张三杀撅子》《傻小子拜年》《秃疙疤跟红眼儿比本领》……笑话说完了，就说"大戏"：《庆顶珠（打渔杀家）》《牧羊圈》《捉放曹》《六月雪》……大戏也说完了，便转入成本大套的"古书"。我父亲认字不多，"学问"真不少，他说的"古书"是《呼延庆打擂》和《薛丁山征西》，到了小学三年级我才弄明白：他这些"成本大套"原来就是两本小人书——现在叫连环画，可那时它们竟成了我一家的大好精神食粮。

切莫小看了这些笑话、"大戏"和"古书"，它们打掉我不少傻气，并且很快使我扬眉吐气，而且出人头地了。

那年又逢春节，为了度过年关，父亲去杨柳青办了些年画来，经过自己的裱糊整理，赶集上店去卖。年画中有叫"八扇屏"和"小四条"的，也是一套套的连环画，每套演一个故事，如《白蛇传》《杨家将》等等就是。那时我是三年级的小学生，已能根据画题和说明，当众宣讲画上的故事，这比做广告效用还大，生意好做多了。父亲虽然老嫌我宣讲得不积极，而乡亲们却把我高看不少，十岁大的孩子，能成套地"讲古"，在文化落后的乡村，岂非羊群中出了骆驼吗？

尽管父亲老对我不满，心里还是喜欢的。他又借些书来，灯油也舍得花钱买了。长夜漫漫，我就在灯下给全家念书听。什么《精忠岳传》《巧奇冤》《三侠剑》……一部接着一部，念是念得磕磕巴巴、连蒙带唬，可听的人却津津有味、如醉如痴。我自己也陶醉在那些豪侠故事中，日夜为岳飞、牛皋、胜英……担忧、狂喜、悲伤，当岳飞屈死风波亭时，一家人都热泪满腮，唏嘘不止，把个秦桧恨入骨髓！

念书入了迷，行动上便也有些魔怔，走起路来常常蹦跳翻腾，踢踢打打，大有"飞檐走壁""闪转腾挪"之势。姐姐看在眼里，不但不以为怪，反要成全我的志向：她拿起菜刀，砍条木块，在灶火膛前打磨刮弄，做成一支飞镖，还用红布缀上个穗头，使我在几个月中飞来掷去，一直做着"飞镖黄三太"。那股凛凛逼人的豪气，至今想来仍然令人神往。

姐姐天天做针线，稍有空闲，也绣花，我的鞋上就多次出现过鲜活的玫瑰或芙蓉，等到姐姐听书入迷之后，就改画画儿了。"大破莲花湖"的男英雄们自不必说，花木兰、穆桂英、樊梨花……更是她笔下的"骄子"，她们一个个擎旗贯甲，跃马挺枪，把一派勃勃英气，化作纸上云烟。

最令我惊异的是：我在灯下念书，她在灯下缝衣，两颗头争着一盏灯，我念个不停，她缝个不停，有时"哧哧"一阵响，焦味弥漫，一缕头发烧焦了，她却还没有发觉。就这样，一冬过去，她竟然也能把书读懂了。她说，她是跟着我的声音，盯着我书上的字，一行一行跟下去，跟会了的。可我从来没有觉到她停下过针线啊！——比起她的聪明，我是多么笨啊！令人愤愤不平的是：为什么能送我上学而不能送她上学呢？凭什么哟！……

然而，也许姐姐比我更傻，她干过很多傻事：七七事变第二年，八路军刚刚在我的家乡出现，遍地还流传着"好人不当兵"的古训呢，她就打破了父亲的固执，把我——她唯一的弟弟，送去参军了。此后，烽烟遍地，战火纷飞，因为五年多得不到我的信息，她又跑去求神许愿：甘愿一辈子不吃荤，以换取能见弟弟一面为满足。1958 年，我被打成了右派，她几十个昼夜不合眼，最后得出结论说："中国一定是出了奸臣！""文化大革命"中，在"四人帮"淫威极盛时，她几次私下向我肯定："江青是个特务！"1976 年，唐山大地震，叠压着的预制板压住她的胸口，弥留之际，她还发出判断说："苏修亡我之心不死，他们打来了原子弹！……"就在拖着个赤条条耗光了精力的灵魂离开这个世界的时候，她也显得何等天真和傻气啊！

二、当　兵

尽管在小学时便养成一点尚武精神，可我万万没有想到后来会当兵。

我从小见过的大兵，都是可怕的。他们进村就抢劫、打人、发横、污辱妇女……一说"大兵来了"，老百姓就连忙逃遁躲藏，避之如匪贼，"好人不当兵"的话，已流传很久很久了。

七七卢沟桥的炮声，把这些大兵——连同附着于他们的官僚、党棍、警察等等，一概轰跑了，蒋介石的不抵抗政策，使大片国土轻轻沦丧，撇得老百姓两眼望天，六神无主。土匪、恶霸、流氓、豪绅……乘机而起，到处招兵买马，争立旗号，画地为王，于是"主任遍天下，司令赛牛毛"，时势大乱，人们像站在一块滚烫的热土上，谁来收拾这个残破的局面啊？

"中国人要当亡国奴了！"成了一句流行的话。

什么是亡国奴？从传说中我得到一个具体形象：据说日本人到来之后，他要骑马，就先叫一个中国人跪在地上，然后蹬着他的脊背上马。我父亲在天津当过小工，亲眼见过洋人的辖治。他说，中国人在他们眼里，连一条狗都不如的！我在小学曾念过关于"九一八"的课文，说是"中国的军队有好几十万，恭恭敬敬让出了北大营"，描写那凄惨之状，着实吓人。我们都又恨又气，天天在地上画些小人，写上"小日本"三字，拿起砖头来狠砸。我常常想，难道就没有岳飞吗？真要让人家蹬着脊背上马吗？

突然，开来了八路军。他们走着整齐的步伐，唱着雄壮的军歌，不打也不骂，自动跟老百姓要粗粮吃，进了院子，抓笤帚扫地，拿扁担挑水，见了老头叫"大伯"，见了年轻妇女就把眼睛掉往一边去，不笑不说话，出来进去尽仰着头唱歌，住了好几天，看不出哪个是官儿来。这支军队真新鲜得奇怪呀！

见识广的人悄悄说："八路军就是红军，是共产党！多年跟老蒋不和，抓住就杀头的……"

老实说，共产党是好是坏，我还是第一次听说，本没有成见，大人们说得那么奇奥，倒更逗起我的好奇心，便整天跟着这军队去瞧稀罕，看他们演操、上课，跟他们一起学歌，围着那长长的队列瞎跑。有一次，一连人围个大圈，做"丢手绢"游戏，玩着玩着，有个挺清秀的战士被"抓"住了，就罚他站到当中去唱歌。他红着脸唱"工农兵学商，一齐来救亡"，唱到最后一句，右手往帽檐上一举，给大家敬个"罗圈礼"，敬得又谦恭，又质朴，配上羞答答的笑容，姿态十分生动，看来美极了。

回到家，我把这个见闻兴致勃勃地告诉了姐姐，而且举手在额，把那战士的"罗圈礼"表演了一番。不想姐姐也大为感动，说这真像个"老实巴交的庄稼主儿"，笑着要我再做一遍，我就很得意地又做了一遍。

巧得很，过不几天，八路军一个班住到我家来了，而那个被罚唱歌的战士恰在里面。我高兴得不得了，故友重逢似的立即缠着他教我唱歌，给我看枪，成天厮混。追问他的姓名家世。他叫王发启，安平县南郝村人，果然是个"庄稼主儿"。那时我家喂着一头小毛驴，王发启便在操前课后，牵它去村边放牧，我跟着又玩又跳，形影不离，这样七八天，我们竟亲密到无法表达各自的感情，就学着"桃园三结

热　土

义"，提出要"结拜"了。

共产党领导的军队历来反对封建，"拜盟"是封建帮派活动，按理是不允许的；但王发启所在的部队是一支新军，政治工作还很薄弱，纪律约束也不太严，在睁一只眼闭一只眼的情况下，我居然同这位十七岁的"盟兄"对天磕头，发誓要"有福同享，有祸同当"了。父亲一点儿也没料到这件事的严重后果，他还发个狠心，给我们包了一顿饺子吃呢。

"拜盟"第三天，一道命令下来，八路军开拔走了。走多远？到哪里去？盟兄一概不知。兵随将令草随风，我毫无办法，流着泪跟了王发启，送他到村外，看着那长龙似的队伍渐去渐远，终于在茫茫的天际上消失。于是出生以来第一次感到，我的灵魂没有了，它被八路军带走了，同王发启跑往天际以外的什么地方去了……

我打草无力，吃饭不香。孤单单只觉心烦意乱，无靠无依。八路军招兵的消息到处飞传，日本鬼子深入国土的灾难日重一日，乌鸦在头上乱飞，哪里是立足之地啊？终于，我抖抖胆量，向父亲说："我要去当兵……"

父亲吓了一跳！前面说过，他是个很暴烈的人，从没有哪个孩子敢向他提一点非分的要求，更不要说顶撞。我说出"要去当兵"的话来，当然大出他的意料。我真担心他会揍我一顿。

父亲在村中也一向以心狠闻名，他年轻时，脚趾上长过一个疔疮，疼得鞋也不能穿，大大妨碍他干活儿，不得已，去集上找一位"先生"医治，"先生"要大洋一元。他问："流血不流血？""先生"说：

　　　　　　　　　　　　　　　昨夜西风凋碧树

"流。"再问："疼不疼？"说："疼。"他便转身回家，磨快刀凿，一斧子下去，连脚趾带疔疮一齐剁了下来……他中年丧妻，独自拉扯四个孩子，"穷死不借账，饿死不做贼"，衣食全靠两手抓挠。有一年，他得了重病，吃不起药，便生嚼一辫子大蒜，硬扛过来了。他外硬内也硬，对儿女们很少怜恤，平常连个笑脸也见不到。这些当然是穷逼的，可也不是不带一点天性。拿他的森严跟八路军的和乐空气一比，当兵就成了我向往的天堂，何况还有当亡国奴的威胁呢！

我总是想，如果妈妈还活着，要当兵恐怕就难了，家境再穷，母亲的抚爱也会给儿子以无限温暖；而温暖的窝窝，谁肯遽然割舍？可惜，我妈妈去世太早，我早已忆不起她的容颜来了，依稀留在脑中的只有两件很模糊的印象：一件，妈妈生了小妹妹，正抱着哺乳，我却不管三七二十一，扑进怀去抢奶头吮，被妈妈宽容地揽在腋下，抚摩一阵，便推我一边玩儿去了。另一件却悲惨得多，正吃中饭时候，她忽被父亲一顿暴打，直挺挺倒在地上，好大一阵工夫，不说也不动。是有个邻居进来，才把她搀扶上炕，可她依然不说话，不流泪，只消片刻的喘息，便弯侧着身子，刷锅去了。直到今天，每逢想到这个挺在地上、不说不动的形象，便觉得可怜而又奇怪：她为什么那样忍受？又为什么那样温顺？但又觉得，如果我是向她要求去当兵的，她只消轻轻说一声"不要去"，我便会烟消云散，安静下来，而绝不会像对父亲那样，一连哭上七天。可见家长制的弊害，连自己的儿子都会产生离心倾向的，而生动活泼的民主生活，却具有磁铁般的吸力，抵得上母爱的力量。

我用消极对抗——连哭七天的手段，把父亲的狠心磨软了。他知道姐姐最爱我，便去找姐姐商量。姐姐的结论，是当时农村妇女难得做出的，她说："在这兵荒马乱的年头，待在家里，也无非当亡国奴。八路军看起来很正气，跟了去闯荡闯荡，不一定就把孩子糟蹋了。就是真出了岔子，为抗日，精忠报国，名声儿也是香的！"

父亲辗转反侧，一夜不曾合眼。第二天，便找了私塾老师韩先生（他曾去投八路的，因年纪大，没被录取），请他做引荐，带我到答岗镇去当兵。住答岗的八路军穿灰布军装，脚蹬草鞋，说话哇里哇啦，人称"蛮子队"，一个连有五挺机关枪，这在当时是十分显赫的强大装备。我其实等于闭着眼睛瞎碰，碰上的却是正正规规的八路军，是由老红军改编的一二〇师三五九旅特务营。这开脚第一步，我真算有点运气哩！

三、大家庭

我参加的是特务营第一连。连部驻答岗大街路北的一家院子里。院子很深，我随着韩先生一步步往里走，心上禁不住突突直跳。里头没有王发启，我谁也不认识，真不知要把命运交给一群什么人！才只十三岁，何苦背井离乡，去当什么兵呢？我简直就要懊悔了……

引着我勇往迈进的是韩先生。他不但教过我《论语》，还是我父亲最信服的"土圣人"。他今日负着给我引路的责任，自觉一种特别的神圣感。这样，我们终于进了连部：两间相连的大屋子，地上站着

昨夜西风凋碧树

四五个八路军的兵。韩先生一手提着长衫的大襟，一手伸出去指着，蛮有风度地给我介绍："这位是曹连长——鞠躬!"我赶忙并拢双腿，弯下腰去，引得细瘦而年轻的曹连长哈哈大笑。韩先生又指着桌子后面一位微胖的青年："这是陈师爷——鞠躬。"我忙又一弯腰，这位"陈师爷"要来阻止，已经来不及了，便朝后一仰，笑得险些跌在炕上。韩先生转个身，看见墙角里另一位青年，又指着说："这位是卫师爷……"我瞧这"卫师爷"，稚眉嫩眼，满脸孩子气，实在比我大不了几岁，但既是"师爷"，怎敢不敬礼? 便又一躬下去。不想"卫师爷"满脸飞红，"啥呀啥呀!"一阵叫，忽地一蹿逃出屋子去了。随后是填战士登记表，上花名册，分配我当勤务员。第二天，发了一套又肥又大的军装，大得能装下我这样两个人。大家嘻嘻哈哈地围着我乱嚷："可以可以……"我还有什么说的呢?

就这样，我进入了一个很新鲜的大家庭。

有些文章一写到这种场合，总是说，这个大家庭如何如何热诚友爱，如何一下子就给人带来了快乐和温暖，我可没有这种感觉。第一，我很紧张，当勤务员是伺候连首长的，我摸不透连长会不会真的不打人。平常不打人，私下也不打吗? 万一做错了事，会不会拳脚相加? 第二，全连的人没有我一个老乡，江西人、湖南人、福建人、贵州人……净是南方蛮子，最近的是山西人，说起话来叽里呱啦，把"吃饭"叫作"卡饭"。有一回，连长叫我去买"牌子"，我问什么牌子，问了半天，越问越糊涂，还是"陈师爷"过来，连说带比画，才明白是叫买筷子。总之，我简直没法跟人交流思想感情，成了孤儿。

第三，尤其可怕的，是改天下午，营里召开军民大会，把一个人枪毙了！这人恰恰是我的老乡——只隔三里路的程岗人。我正自惊魂未定，又来了第四件：命令下来，明天出发——连队要"移防"了。

"令下如山倒！"第二天一早，连队果然排成行列，真的出发了。我夹在这长长的队列之间，蜿蜒着爬出笤岗，爬过原野，接着就爬过了大清河……我站在大清河堤上回望，啊，离家已经二十多里了，我从小没有跑出这么远过，这次真的要告别这故乡故土了！我酸着鼻子，想起了姐姐，也想起了父亲，觉得他们正登在房顶上，朝大清河张望，在呼唤我回去！我很想回应他们，可嗓子里像是堵着什么东西，就是回应不出，只好收回了眼睛——八年之后我才晓得：这一天，姐姐曾坐着驴车，追来看我，追了十多里，没有追到，是抱着诀别的凄凉心情回家的。

连队在大清河上船，几只大"对槽"排开，一直航行到郓州。路上，通过白洋淀，大水滔滔，一片汪洋，我从没有在如此浩渺的水面上泛过舟，不禁东瞧西看，惊异着这水光接天的广袤天地。"陈师爷"怕我晕船，告诫我不要看近处，要看前方，看远处，看天边。远处蓝天白云，水面上浮着一个个绿色的村庄，恰像一座座小岛，想象中似乎已进入"莲花湖""落马湖"了……

"天下大庙数郓州"，我从书上早就知道这个地方，据说，郓州有三景：铁道、铜井、无影庙。可惜，宿营时已是红日压山，我尽管心颇好奇，也必须打扫庭院，摘门板，搭睡铺，同连部的人一起，整理内务。在跟"卫师爷"共移八仙桌子的时候，我因个儿太小，不能抬桌离地，只得踮起脚跟半拖着走。"卫师爷"就用山西话嘲笑我，可嘲笑了些什么，我至今也没有弄明白。

以后，天天行军，一路向西南而行，到深泽城关才扎住。中间有一天走了九十多里，最后十里，实在走不动了，战士们便叫我抓住马尾巴，让它拖着走。拖着走，仍然需要迈腿，可腿已经又酸又肿，迈不动了，真想哭。最后，还是挤掉旁人，骑了上去；骑上去当然舒服，可到了目的地，下不来了，两腿木胀胀的硬是动弹不得，只好由人抱了下来。然而，"力气是井泉水"，睡了一夜，第二天照旧走七十里。现在，这么九十里、七十里地一说，很是轻易，可当时真是要咬牙再咬牙的啊。

这段行军过后，我才真正成了"大家庭"的人。同全连的人逐渐搞熟了，大家都喊我"小鬼"，夸这"小鬼"不错，没有挨过骂，也没有挨过打。所谓"陈师爷"，原来就是文书，成天填填表格，开开通行证，打个行军报告什么的，干着一揽子笔墨差事。而"卫师爷"是卫生员，根本不姓卫，姓刘，当时十七岁，喜欢嬉闹而脸皮甚薄，处得熟惯了，一叫他"卫师爷"，他就追着打我，把"师爷"二字明显地当作污辱。不久，又来个文化教员，办起了救亡室，找个大房间，张挂起标语彩旗，日日教战士们唱歌、识字，还隔三岔五地出墙报，搞游艺，救亡室成了最活跃、最逗人喜爱的地方。

人，也是熟起来才有意思。有个司号员，外号"土狗子"，说话最难懂，福建人，大家说他的全家都叫国民党杀光了，可他从来不哭，除了死死掌管着全连的时间——准时吹号以外，最大的嗜好是下河摸鱼。一排长叫何立臣，人很清秀，可惜脸上有几颗麻子，人们开玩笑便叫他"花机关"，他最擅长模仿战场上的枪声，无论洋枪土炮、手榴弹、机关枪……无不学得惟妙惟肖，行军路上，他自己便能打一场很激烈的"战斗"。至于曹连长，很难说出他的特点，只记得他很佩服旅长"王胡子"，说他"打野外"时，把大旗一甩，战士们冲出五里地去都不敢止步，打起仗来厉害得很哩。还有营长谭斌，黑黑的小个子，说话声音很尖，平日笑哈哈的跟谁都玩儿都闹，可发起火来就暴跳、骂人；他的癖好是写美术字，咎岗街上那最醒目的"抗战救国"四个字，每字有一间房大，就是他的作品。可在参军第二天，枪毙了我的老乡的，也是他。为什么？原来我这老乡顶着给八路军扩兵的名义，在四乡冒名勒索，大发其财，造成极为恶劣的后果。谭营长为了挽回影响，不得不拿他开刀，这当然是能够理解的。

总之，要经过许多天，我才熟惯起来，也才快乐起来。那时，农村的孩子根本不懂民主，可他们喜爱平等，喜爱不受打骂，喜爱温暖的友情，喜爱说话有人听，喜爱和别人享受同样的待遇，一旦体味到自己能像大人们那样受到尊重，就勇气大增，信心十足，甚至豪情满怀。八路军是无产阶级的队伍，不只要抗日救国，还要解放全人类，把红旗插遍全世界哩！这是何等英勇而豪迈的事业啊！

我们这支队伍，后来就在冀中地区打起游击来，宣传抗日，发动群众，打击敌伪，铲除汉奸……参与着开创根据地的活动。当然，仍在"扩兵"，除六七个同我年龄相仿的"小鬼"留在本连外（这使我的生活更加丰富多彩了），其余新兵，便转送到平汉路西的山里去。后来由于斗争形势的需要，我们特务营（后编为特务团）脱离了一二〇师的建制，留给了冀中军区，在吕正操等同志领导下，做着铁与血的艰苦奋斗。

还想家不想？当然想过。当兵的前半年，每月总写一封家信，除了报平安，就是问候父亲和姐姐。自己不会写，便请"陈师爷"代笔，但"陈师爷"笔下不带感情，什么"敬禀者"，什么"祝康宁"，切不中我心中的要害，既不满意，又要麻烦人，何苦呢？于是鼓起勇气，自己偷偷写。开初，格式都摸不准，措辞也幼稚可笑，可能够说出本心话，这就抵得过一切了。然而，敌人占据着城市和主要交通线，部队经常东游西转，飘忽不定，我的家在平、津、保三角地区，最早遭敌"扫荡"，因这种种关系，生怕会给老父招致灾难，家信便越写越少，特别在1938年冬季，敌人对冀中进行了一次五路围攻，县城大多被侵占，自此就断绝了家庭消息。

断绝了，反而使人横下一条心：不想家了。虽偶尔还有一点挂牵，但因天长日久，心已在部队"落户"，指导员又天天在会上批"家庭观念"，孩子们自尊心很强，也就克制着不想，而最主要的，却是生动活泼的部队生活和融洽亲密的军民关系，能使我乐以忘忧，如鱼得水。

有一次，我们住在无极县的七级村，那是个大冬天，我忽地得了感冒。别人都出早操去了，我独自披着大衣，坐在炕上"留守"。房东大娘见我独自枯坐，问我为什么不出操，我回答说"有点不舒服"。她摸我的手，冰凉；摸我的头，发烫。她急了，说这屋子一冬不曾生火，病人睡凉炕怎么得了！马上要拉我到她的屋子去，说那边有热炕头，窗户也糊得严实，"三顿饭跟我吃，晚上也别过来，就跟大娘钻一个被窝儿！……"多么奇怪，这"跟大娘钻一个被窝儿"，反倒把我吓住了，死也不肯去。其实，十三岁的孩子有什么要紧？我越是不去，她越着急，终于滚下热泪来。她一哭，我心里一酸，泪水也就夺眶而出。她见我哭，更加抑制不住，断定我是病中思家，小小人儿，没个亲人照顾，这境况如何能忍？最后，竟招致她老少一家齐聚炕前，泪雨霏霏，陪我哭了一大早。到出操的同志归来，才勉强劝开。因我执意不肯到她屋子去，大娘就抱来两床棉被，替我围在身上，又抱柴火来烧炕，端来热腾腾的山药粥给我喝……感动得我几乎一天都在流泪，我的妈妈岂非遍地都是吗？

我的家庭就是这么大，的确是"四海为家"啊！

国民党曾诬蔑深入敌后的八路军是"游而不击"，人们哪里晓得，在优势敌人的包围中，不打仗的军队是根本存在不了的。我从1938年冬季起，便开始接触真刀真枪的打仗了。不过，头几次都是败仗。第一仗，发生在肃宁西关，那是个大雾弥天的拂晓，日本侵略军开着汽车，拖着大炮，在飞机掩护下，向我们驻地围攻过来。连队马上进行抗击，我裹在勤杂人员中先行撤退。晨雾迷茫中，忽地"咣咣"两炮，碎土和烟柱冲天而起，那声音真大得惊人，比什么炮仗、霹雳都更摧心裂胆，几乎把全身都震麻了。而身后枪声如爆豆，战斗已激烈展开。不一刻，颇具威力的隆隆声从天而降，敌机也来了。幸而大雾茫茫，它不能找到目标。待我们踏着漫洼野地跑出十多里地的时候，枪炮声才逐渐停息。

这场战斗，我们连打得挺糟糕。由于大雾遮住了视野，让一股敌人摸进了我们阵地的侧背，发觉时已经晚了，一个排被敌人的火力压住，在匆忙撤退中，不仅丢了一挺机枪，有两个伤员也未能抢下。本来另一挺机枪也在危险中，幸而"土狗子"抢它在怀，一口气跑出七八里，才得保全。那时，丢一挺机枪可是个大事，连、排长们开了一长串会议，检讨了好几天。我也从中懂得：枪声一响，人命关天，打仗可不是马马虎虎随便瞎来的事情啊！

丢掉的两位伤员都牺牲了。其中有一个通信员，长得细长瘦削，人们常叫他"鸡腿"；敌人要拖他上汽车，他大呼大叫，坠累不动，终被刺死。事后打扫战场的人看见，一条泪水凝成的冰柱，还冻在他的脸上……

又过十几天，我们正要在饶阳城过年，忽地凌花乱动，敌人又赶来，他们气势汹汹地拿大炮开路，真如饿虎扑食。我们人少力单，只有撤退。以后，战斗逐日频繁：1939年开春，在滹沱河上的北雁桥，与敌隔河对战一天，打个平手；刚过一月，又在大官厅，与敌拼杀半日，也胜负相当。直到梨花开放时候，小范一战，才惩罚了敌人一下，把武强来犯之敌围困数日，击溃大半，然而没有全歼，缴获也有限。要打真正过瘾的胜仗，还要熬过一段时间才能轮到呢！

正当小范战斗的时候，我被调到"民抗"锄奸科，当起文书来了。一年左右的当兵生活，使我学会了写家信，开通行证，投墙报稿，还学会了登记、统计及填表，按首长的意思打简单的宿营报告，成了一位预备"师爷"。当起文书之后,我又很快学会了写判决书、写汇报、写处决汉奸的布告……当然,这些都是从模仿开始,而模仿是学习的第一步,要紧的是不要老停留在模仿上。

我这"大家庭"的故事当然还很多,但扯起来太宽泛,让我先说说老家的事吧。

老妹子

我当八路走的那年，妹子十岁，是个天真腼腆的小姑娘，她跟又老又倔的父亲一起生活，很不容易。姐姐出嫁走了，日本鬼子常来"扫荡"，二哥一当兵，不知"云"到山南海北，单剩她这个三尺女娃儿，不得不把整套家务都挑起来。兵荒马乱，日子又穷，老爹的脾气像座火山，说发就发，一个十岁的孩子，想躲都没个去处。

　　本来还有个大哥，可他在家里一直像个"外丫儿"，跟谁都不谐和，与父亲尤其不对眼，像天生的一对仇人，娶了媳妇之后，基本上单另各过。他跟姐姐原来还能说上几句话，但后来也不行了。当时，日本鬼子越闹越凶，我们这游击根据地的老百姓，不得不把"边区票"和"老头票"同时流通；有一次，父亲用"老头票"买东西，给大哥看见了，便到抗日政府告状，告父亲用"汉奸票儿"买物件。这事被姐姐知道了，找他评理，三句话不投机，姐姐扇了他一个嘴巴。从此以后，这个家就彻底两瓣子了。

　　老妹子大约从这时就尝到没有妈的苦楚了。妈去世时她才一岁，以后是由姐姐抱大的，直到姐姐出嫁，她才从姐姐的被窝儿里钻出来，独自盖一床被子。现在，姐姐虽尽量从婆家往回跑，冬棉夏单，帮她料理，半夜半夜地说话，手把着手教她针线。可过一程子，终须分别。每当姐姐走的时候，老妹子怕人看见眼泪，一等姐姐出门，她就急急登梯子上房，从房顶上追着姐姐的身影，看她一步步远去，直到泪水化成白茫茫的迷雾……

从此，老妹子养成个毛病，心里但凡有点儿别扭或感到什么意外，第一个反应就是上房，仿佛只有房上能减轻她的痛苦和危难。

后来，环境越来越艰难了，日本人的威胁越来越近，可抗日工作人员也更活跃了。我家一则是军属，二则人口孤清，政治条件纯洁，党政干部便常来号房居住。他们蜷在小东屋的窄炕上，开小会，搞宣传，谈抗敌，谋斗争，紧张神秘，日夜奔忙。老父亲给他们供开水，烧热炕，让老妹子做饭，代为缝补衣服。日久天长，鱼水情深，简直跟一家子一样。有时，半夜也来敲门，一声"大伯"，常迎来一屋子"英雄好汉"。

"老妹，做饭去!"他们就像到了家一样。

"想吃什么呀?"老妹子傻实在，还这样问。

"烙饼炒鸡蛋!"

那年头，鸡蛋白面都是金贵之物，革命干部纪律严格，这只是开玩笑罢了。然而，或稀或干，总是很快就端上桌子来。

只要有抗日干部来家，父亲的脾气就格外柔和，说说笑笑，家长里短，融成一片温馨。老妹子心上也就浮泛着轻松愉快，时日变得金黄黄的了。干部们还常带来好消息：哪儿的据点被咱们端啦，八路军又在哪儿打胜仗啦，白洋淀里在开大会演戏啦……更加使人眉欢眼笑。姐姐自参加革命后脱产，消息也每每由这些人捎来，日子就这么飞腾着，跳跃着。

可是，平、津、保中间这个大三角游击区，在敌人看来太可怕了。它就是插在敌人心脏的一把尖刀，八路军每日每时在眼皮下晃来晃去，无论如何是他们不能容忍的。"扫荡"越来越多，据点越安越密，百条毒蛇盘踞四周，鬼子花样频出，有时来不及发觉便进街了。父女俩日夜警惕，大包小包、做熟的干粮，都放在手边，说跑就跑。老妹子已长到十二三，还很孩子气。家中养一只大白公鸡，红冠雪羽，霸气凌云，却又通人性灵，能与人作耍，是妹子日常开心解闷的一大稀罕。每听说鬼子来了，她抱起公鸡就跑，生怕让鬼子吃了去。父亲常讥诮她说："抱个什么不比抱个公鸡强啊！"

有一次，父亲不在家，妹子正在窗下补衣，忽然院中狗叫，隔玻璃亮儿一照，见二门外伸进个小黑棍儿来，正逗弄那狗。妹子以为是谁家孩子发坏，刚要吆喝，却见黑棍儿后头引出个鬼子来，一脸的凶横蛮霸，大皮靴囊囊有声。妹子吓得一颤，不及想，就跳下炕来，冲出风门。风门外天井中，恰有短梯，爱上房的毛病支使她几步上了房，又从东屋绕到南屋，伏在了柴堆的后面。这其实是很危险的，鬼子常挨八路军袭击，最忌房上有人，怕被抢占了制高点，凡见有人上房，是当即开枪的。

那鬼子竟也随着上房了。他也许听见了一点动静，四处瞭望了一阵，不见有异，又举起望远镜往远处观察，终于无所见，滚回房下去了。老妹子第一次从阎王鼻子底下逃脱了过来。

更险的一次，是鬼子进街了，逃路已绝，父女俩只得翻过东墙，跳到隔壁韩凤鸣家去。韩家南屋有一盘大磨，一架脚蹬箩，事变前曾做磨面蒸馒头的生意，如今歇业几年，到处是蜘蛛罗网，灰尘满地。父女俩便钻在箩床后面，屏气潜藏。谁知鬼子拥来一大群，就在北屋住下了。他们喧腾扰闹，进进出出，还有的跑进南屋来，伸头探脑，喝喊几声，遂又缩回。

时值隆冬，天寒地冻，天色渐黑，父女俩只穿着家常棉衣，一阵阵寒风飔骨，挣扎到半夜，趁鬼子熟睡之机，老父悄悄掀开箩床盖子，二人跳入面箱，彼此挤紧，以求取暖。谁知刚熬过一顿饭工夫，父亲又把箱盖弄得吱嘎乱响，箱子和人一齐摇晃。原来他拼死也憋不住，钻出去小便了。老妹子虽然感觉相同，却没有力气往外钻，只得老老实实撒在棉裤里，人就直着身子，僵坐冰窝，一直敲牙到天明。人们都知道地狱里有刀山油锅，谁能想到此时父女俩的滋味呢！

1941年，大清河北根据地终于"变质"了：主力部队撤出，党政和一切抗日组织转入了地下，敌伪政权层层建立起来，村村都与鬼子"挂钩"纳粮了。只有小股游击队，同一些精干的工作人员，换成便衣，在敌人点线织成的罗网中穿来穿去，找缝隙坚持。牺牲被捕之多，斗争之严酷险峻，非亲临其境的人，是极难领略的。这就是为什么在冀中十分区最早出现了地道战的原因。

由于不断有被敌人堵在家里的经历，更为着抗日干部的安全，老父痛下决心，在小东屋挖成个秘密地洞。这地洞，当时是最初级的，只一个出口，底下是个锅腔似的窝窝，人像蛤蟆似的往里一蹿，就算完了，俗称"蛤蟆蹲儿"。一旦被敌发现，绝对是死路一条。

父亲是个仔细而精巧的人，又会木匠，一辈子帮人盖过不少房，所以地洞伪装得十分精致：出口留在屋门与锅台之间，墙上掏一洞，按洞口大小又砌一短墙，底部安上轱辘，拉开是洞口，推上是一扇整墙，严丝合缝，很难看出破绽。然而，绝对保密是做不到的，地底"咚咚"作声，大量湿土外运，怎也瞒不过老乡亲。所以，一旦情况危急，前房后院也常有闺女媳妇来此遁藏。所谓保密，仰仗的全是基本革命群众罢了。

毕竟比浮在地表保险多了。除一般干部外，县委机关的头头们，便也常来常往，来去几乎都在夜间。他们进屋还是那句话：

"老妹，做饭去！"

妹子便忙忙抱柴，悄悄生火，轻轻地把杂和面儿和起来。如果情况特别紧急，父女俩还须街前屋后，轮流着"巡边瞭哨"。在半夜半夜的惊惊乍乍中，老妹子想着二哥，想着姐姐，想着与他们一起在刀尖火海中摸爬滚打的人们……

有一次，恰好连县委的刘生同志一块儿给敌人堵在家里了。在钻洞之前，老父按刘生的指挥，在屋门的门楣上挂个拉出弦的手榴弹，鬼子倘来拉门，一拉就炸。惜乎鬼子来去匆匆，不曾搜到这里。不然的话，门拉弹响，这个家就肯定化为灰烬了。老父的倔脾气和身家性命是跟手榴弹同时挂上了门楣的。

在苦难的挫磨中，老妹子长成大姑娘了，出落得白白胖胖，和婉温文，而同时，对日寇的野蛮残暴、奸淫烧杀，也更加担心了。越怕越来惊心的消息：近在咫尺的对门贾家，有五个女儿，大姑娘叫苗，从小与姐姐特别要好，是我们家的常客。事变第二年，她嫁在大四方村做媳妇，只在最近，她的近五十岁的婆母，落在一群日本野兽手里，轮奸致死不算，又扒光衣服，拖上大街，往阴户里插上一根擀面杖，才扬长而去……

这当然不只是苗姑娘家的耻辱，而是全人类的耻辱！人们都知道德国法西斯的残暴，全世界都声讨他们，可对日本侵略者呢？这群把自己衍化成野兽的丑类，使稍有良心的人都惊得心碎了，更何况一个十七八岁的少女！

至今，年近八十的苗姑娘，年年阴历寒衣节，都要格外多烧些纸钱香码，因她的婆母"是光着身子走的"！——人们什么时候能像声讨德国法西斯那样声讨日本法西斯呢？

恶心，呕吐，银牙咬碎，都是一个"忍"！可老妹子再也不能忍了，在一个庄严的日子，她同村中另外四位姑娘一起，同时宣誓，参加了中国共产党。为此，她替自己另起了"大号"，与志民姐姐排行，叫"徐敬民"。这名字，一直响亮到今天。

熬过了一千个、一万个不容易，老妹子终于看到了胜利，看见了日本鬼子投降！那年春节，老父亲作为老"堡垒户"被请进县城，不但坐上县委盛宴的首席，夜晚还与县长并肩坐在头排看戏。夜深时，县长夫人怕他着凉，脱下自己的大衣捂在他身上。老妹子被这份荣光深深感动，可这荣光来得多么不容易啊！

喜事赶在一堆了，八年不见的二哥，突然由姐姐陪着，骑马挎枪探家来了。他个子居然比父亲高出半头。这个朴拙闷愣的土孩子，风度也变得斯文而凛凛，原来已在十一分区当参谋了。他跟姐姐是先在县城相聚的，真是天圆月满、胜利而欢乐的大团圆啊！大家都有说不完的话，八年的辛酸苦水，像发了河一样在每人心中沸腾。唯独有一个话头是大家都回避的：国民党正急如星火地调兵遣将，从峨眉山向北方扑下来，单是黑压压一群群的飞机，就往北平、天津飞去多少啊！

果然，"老蒋"的军队很快就打来了，坦克、大炮、飞机、十轮大卡，比日本鬼子还威势，他们在向共产党"收复失地"。而烧杀抢掠，奸淫妇女，却和日本鬼子一样。大清河北一时又陷入刀光剑影、鲜血横流之中。老妹子日后总结说，这一回，可不比打日本了，是中国人跟中国人干，村里谁敌谁友，彼此清清楚楚，即使刀枪不动，仇人相见，眼睛也是红的。土改中挨斗的那些人家，国民党一到，自动成立了还乡团。张三李四，谁分过他家财产地亩，都逃不过那本"变天账"啊。

头一年，双方打"拉锯战"，有共产党的枪杆子到处游击，还乡团们还不敢轻举妄动。到了1947年8月6日，国民党学着日本的"鲸吞战术"，集数十路大军，铺天盖地压来，遍地安上据点岗楼，控死交通要道和大清河渡口，像筑坝淘鱼一样，要淘尽所有八路。我主力部队和各级组织，不得不又一次撤离了大清河。这就是至今仍是热门话题的"八六变质"。段岗村的反动头子王老头，在庙台上对众讲话说："现在，平、津、保大三角地，连一个八路毛儿也没有了！"

这是比日本在时更为暗无天日的日子。原支书向敌人自首了，本村培养的区干部向敌人投降了，民兵解散，"堡垒"废弛，还乡团到处捕杀积极分子，军烈属门头挂起了"通匪"招牌，遍地腥风，尸骨堆山……

最叫人不解的是父亲，这个典型的农民啊，明知屠刀已架在脖子上，身旁还有个极易遭辱的闺女，他竟完全不生逃跑之意。他还留恋着什么呢？有一天，一个狗腿子告诉他："王老头说了，土改你是贫农团委员，儿子闺女都当八路，叫你顶着打官司！"父亲说："我不打官司，你们怎么说怎么好。"那狗腿子说："这倒省事儿——有条件儿吗？"父亲说："没条件儿，顶多'暴骨'呗，我带着闺女要饭去……"这个倔老头儿，他太珍爱自己花一辈子力气创建的这个家了！大约他也想看看，这份家业到底落在谁的手里！为此，敬民几次要求逃到河南去，都被他咬牙拒绝了。

志民姐姐这时正在白洋淀。她沿着大清河走来走去，瞪大眼珠子看着北岸的变化。但所有消息都是屠杀，一家家，一户户，火烧尸骨，遍野血腥。而老父和妹妹的下落，一直杳无消息。一曲歌声却天天在耳边震响："大清河呀大清河，大清河北血泪多！……"她忍着万爪抓心之痛，扣住手枪发狠，"谁敢把老爹弄死，我就摸黑过去，拧下他的脑袋！"……斗争啊斗争，人们的眼睛全都血红了！

就在那么一个夜晚，父女突在梦中惊醒，恍惚间人马震地，房上有人，急忙起身一看，满街满地，净是大兵。他们鸦默雀静，却又急迫紧张。这是谁？穿的也是灰布军装啊！可他们说话了："大伯，出去躲躲儿吧，要打仗了。"

藏在门后的敬民一下子浑身战栗起来："啊，'大伯'！除了八路军，谁管老百姓叫大伯？……"

老父还在发蒙："打仗？你们打、打？——"

"拿旮岗。"

旮岗，是距我们只三里路的国民党据点啊！

这是一场规模很大的战役：解放军来了两个纵队，将十余处敌人据点一齐包围，东至霸县，西至拒马河，南至雄县城，北至板家窝；半天烧红，打成一片火海。双方的火力都已超过日寇入侵时代，大炮小炮，全像机关枪在喷射。老父和敬民在高粱玉米没人高的野地里，听着这阵阵霹雳似的爆炸声，心头奔涌着怎样的欢乐啊。老天爷，你可睁开眼了！

然而，老天爷却当了"汉奸"！当攻势正盛之时，忽地猛下瓢泼大雨，雷鸣电闪，顷刻平地积水，沟满壕平。打旮岗的解放军，抬梯子架桥，隔沟猛攻，但终因水深路窄，接连受挫。

板家窝战役共持续了两夜一天，除武将台一个营被我歼灭外，他处皆不曾得手。敌军大队援兵已从平津火急赶来，部队只好撤回了大清河南。乡亲们在旮岗周围的壕沟中，看见了很多战士的浮尸，高粱地里还扔着些半碗半碗的剩饭，散乱地泡在雨水中，人们的泪水把心冲开了一道道沟……

老妹子敬民战后才知道，在这次无功而返的战斗中，她的光耀二哥也参战了，就在十里外攻打沙口的部队中。命运之神多么爱跟急难中的人们开玩笑啊。

然而，即使是失败的战斗，其威力也是巨大的，还乡团们马上夹紧了尾巴，他们在街上看见父亲，居然点头微笑，再不提什么"打官司"了。八路军没有完，他们现在就扬毛爽刺，还嫌早了一点！亲眼看见八路军的大炮也能烧红天空的敬民，却横空生出一个想法：我还有什么必要伸长脖子等人家来宰呢？

但是，把决心铁下来的，是遭逢了又一重危险。就在岔岗大战的第三天，一阵人喊马嘶，轧轧的炮车响，拥来满街筒子国民党军队。老父见无路可逃，便钻进南屋草厦子，蹲在烂草中。与厦子紧隔一道秫秸笆，是一盘磨，街坊傻锯嫂恰在此处推磨，敬民抓挠不着躲处，便弄乱了头发，用柴灰把脸涂黑，装着跟傻锯嫂看磨。

一个大兵撞进来了，略一巡查，便白瞪着眼珠子盯在敬民身上。

"去！"大兵指指她，"烙饼去！"

敬民正不知如何是好，傻锯嫂挺身把她一挡，说："她推磨呢，我去烙。"

大兵一打量她——五十来岁，一只眼觑觑着，衰弱干瘪不堪，便气冲冲问："你是她什么人？"

"我是她妈。"

"她妈？怎么长得一点儿不像？"

"我是后来的，她是前房生的。"

这个丑老婆子出人意料的机智，竟挫去了大兵的凶恶，只得由她去烙饼。但他贼心不死，里出外转，眼神总不离开磨棚。磨棚贴近着女茅房，这大兵却故意在里头解手，然后边提裤子边堵在磨棚门口搭讪：

"你为什么不去烙饼？"他问敬民。

"我看磨呢。"

"那你也该去。"

"我妈烙还不行？"

"她脏。"

"我也脏——我还没学会烙饼呢。"

大兵不三不四，又说些一切腐败军队所通行的下流话。敬民只当不懂，不予理睬。而隔在草厦子里的父亲，是听得一清二楚的。此时的他，心里该有怎样的想法呢？

一摞饼终于烙熟了，大兵再无赖词可托，悻悻地滚了。他说，他们的大军还要急着追八路呢。

没出几天，敬民就腋下夹个小包袱，越过大清河，逃进了白洋淀，找到了日思夜想的姐姐。可是，她又经过了四十天的政审，才被正式纳入革命序列。这中间，父亲怀着一腔幽怨追来了。然而，他毕竟有一颗已锤炼多年的红心，被姐姐的一排大道理挡住，又孤身一人返回他那宝贵的灾难丛生的家去……

来势汹汹而腐败无能的国民党，不仅丧尽人心，也早从内部把自己淘空了。装备精良的四百万大军，一场大战只打了三年，便土崩瓦解，惨败而去。大清河北的人民甚至来不及思索一下，中华人民共和国就成立了。容易吗？不容易吗？容易是由千千万万个不容易渐渐滋生演化而来的啊！

在战争的刀尖上滚过来的敬民，从一岁起便没了妈的敬民，我们家的老妹子敬民，日后又遭逢过很多的艰难困苦，尤其"文化大革命"的劫磨，几乎使她蜕了一层皮……但她一直像条黄牛那样，拉拽着，奔涌着，不计饥渴劳碌，从不苟安懈怠，年复一年地燃烧着自己的筋骨。如今，她已银发上头，七十有三，回首沧桑往事，她想对儿女们说的，只有一句话——

记住过去！

我的第一个未婚妻

我有过一个未婚妻，很正式的未婚妻，却从来没有见过她。

　　我十三岁就当兵了。抗日时期的八路军，连"家庭观念"也忌讳，更别说娶媳妇的事了。当然，如果家大业大，骡马成群，不，就算是小康之家吧，那时在十三岁前订婚，也是常有的事。可惜，我家只勉强算个中农，十多亩地，三四间房，养着一头瞎驴，倒欠着许多债。父亲常常出外打工，土改时，我家定的是贫农。

　　我参军第三天，就随队出发，一翅子扇出几百里之遥，加上敌寇骚扰，战火纷飞，不几月，就与家乡隔断了音信。

　　未婚妻是由姐姐做全权代表，在我毫不知情的情况下，双方"对吹"而成的。

　　我姐姐在小庄做媳妇，距我的家十多里地。尽管家境也颇寒苦，可她强挣苦曳，严正做人，在村里很得了好名声。我参军之前，曾多次看望过她，还拜过一次年。拜年时，我套着姐姐给做的阴丹士林大褂，穿着她纳底扒花的布鞋，很增了我的体面，加上一副有点斯文的稚气，居然被她的一家邻居看中了，竟在我当兵一年之后，主动找上姐姐的家门，要把他二闺女"说给"我。

　　不经媒人，双方当面协议，俗话叫作"对吹"。我姐姐当然知道那位二姑娘的相貌人品，年龄也大致相当，心里很乐意。但她却说，弟弟已当兵远走，快十个月不见踪影，凡当八路的，身子便由不得自己了，现在兵荒马乱，谁也保不定平安，几时能够回家，是指不住的。

但这位老伯毫不动摇，说是尽可等着。

这样，姐姐便拿着那姑娘的生辰八字，兴冲冲回娘家来找父亲商量。

我父亲当时正在孤凄中度日。母亲已去世十来年，如今大女儿出嫁，儿子当兵，他只同我妹妹两个人过日子。妹妹刚满十岁。他内外操劳，甚是烦恼，忽来这样一桩亲事，又是"上赶着"的，当然大为高兴。赶忙找到一位会合婚的私塾先生，问问吉凶。老先生更为帮忙，因我母亲去世早，没人记得我的生日，老先生便参照女方生辰，为我捏造了一个最吉利最相配的"八字"，做成"龙凤帖"，返还对方。接着送彩礼，换庚帖，一条红线，就把那位二姑娘捆在了我的身上。而我呢，在外边行军打仗，日夜奔波，连一点点感觉都没有。

在当时，换了庚帖便是经了"天命"，大家都要真心铁意，信守不渝的。

抗日战争渐渐地挨过 1940 年、1941 年、1942 年。日寇对我根据地的"扫荡""清剿"，日见残酷频繁，环境更形恶劣。特别在"五一扫荡"之后，冀中区碉堡据点棋布，沟路如网，八路军主力被迫撤往深山，剩下我们各支游击队，只得换上便衣，昼伏夜动，土匪似的搞些扰敌或宣传活动。因为连白天露面的自由都没有了，哪还可能探家写信？其次，大清河北的根据地，早在1941年就"变质"了，那儿敌伪遍地，保甲横行，抗属们都在水深火热之中，我怎么敢与家联络，给亲人招惹杀身之祸呢？

然而，情感的力量也真真不可思议。我姐姐虽然识字不多，却被封建意识塞满了头脑，本是个信奉三从四德、谨遵旧习的模范。但有个弟弟当了八路，竟一举打破了她的思想旧核，由接受革命观念进而成了村中妇救会的骨干，还一度任了妇女自卫队的大队长。这妇女自卫队是准民兵组织，识字唱歌之外，还要列队出操，集体跑步。连我这当兵的也难于想象，她怎能放开缠了十几年的双足，在村民面前高喊口令，带着大群妇女摸爬滚打呢？非但如此，她还在繁忙的公务中，学会了看文件，讲起话来居然满口"理论"字眼了。乡里人本来尊重文化，这使她在众人眼中更加提高了地位。

严酷的考验也接踵而来，大清河北的"变质"，迫使部队外转，干部隐蔽，抗日活动几乎全盘转入地下。随着敌寇汉奸的猖狂，到处传布的都是战败消息。正当老父日夜焦愁、六神无主的时候，我一位亲族大哥找到他说：光耀参加的那股子八路，听说在滹沱河南给鬼子包围了，打了三天三宿，一个也没有跑出来！

这个炸雷，使父亲和姐姐昏头昏脑了许多天，他们不住地想："要跑出一个来呢？也许还有希望。可是，一个也没有跑出来呀！"然而希望还是有的，因为消息只是"听说"。

至于我那位"岳丈"（恕我至今还冒昧地这样称呼他，这纯然是一种尊敬），除了陪我姐姐悲叹之外，并没有退婚表示，照常在兵灾战乱中，精心诚意地保护着他的二闺女，一任颠沛奔波，出惊入险，却毫无悔意。

事后姐姐分析说，这原因，除了当时抗日的正气，对党的信赖，便是她自己的坚定和她字眼儿上的长进，都起了影响作用。

然而，"一个也没有跑出来！"给姐姐的打击还是太重了。她接连做噩梦，不是弟弟血淋淋地躺在担架上，便是拄着双拐急于找水喝，再就是绷带缠身，呼吸艰难……有一次，梦中见一具横尸正往坟坑里抬，她慌着扒上去看，却见弟弟突然睁开了眼睛，一下子吓醒了。好久好久，她都数着月影中的窗棂，一根一根，一直数到天明。

姐姐未出嫁前就不怎么迷信鬼神，革命以后，更加不信了。不料此时再也扛不住那份熬煎，竟在一个夜晚，燃香三炷，跪地向天祈祷说：只求天爷准许她与弟弟见上一面，见后就死，她也心甘情愿！还盟誓说，从即日起，不再吃荤。真的，她忍受着极度困苦的生活，虔诚地戒腥吃素，竟一直坚持到 1961 年"低指标，瓜菜代"的时候，其时，距我姐弟重新相见已有十六年之久了。

婚姻毕竟是人生大事，时光又是不等人的，在女方已满二十岁的时候，我仍如石沉大海，一无音信。二十岁，这是未婚女子的关键年份，不说有"老"在家里的危险，至少重找对象的时候，是要大大自贬身价的。一个清白正常的姑娘，她怎么忍得了？况且，谁能保证她所眷恋的人，还不曾化为一堆白骨呢？

我那位"岳丈"沉重地、歉意地找到了姐姐。姐姐没有把话听完，就表示了同意退婚，并再三感谢了他当年的一片好意。当日，姐姐回到娘家，找个名义先把父亲支出去，就在板柜里翻找起来。庚帖是跟全家的命根子——地契文书，藏在一起的，它在文书匣中已躺有六七年之久了。姐姐把它拿出来，悄悄掖进了自己的袖口。

这一夜，我姐姐用被子蒙住头，从晚上直哭到天明。

日本投降后的第一个春节，我请假回家探亲。姐姐和父亲都跟我学说这件事。我听着，一则热血冲心，二则也感到侥幸。八年的革命教育，婚姻自主的意识早已树立，与一不相识的女子结婚，是不可想象的。幸而退掉了，不然，岂非一场麻烦吗？然而，冷静时扪心细想，六七年中，兵连祸结，日夜战战兢兢，以一孤弱少女之身，辗转铁蹄之下，屡冒践踏之险、性命之忧，不仅无渎于民族大义，亦且节志坚贞、纯净自守，总是心中有憧憬、有怀恋，这才冰心玉壶，一往情深的吧？尽管我隔在局外，了然无涉，终是平白误人偌许时光，酿成窝心恨事，是应对这多情姑娘抱愧终生的。

总之，事情仿佛就这样结束了，岂料不及两年，又生出一支插曲，给这桩亲事增添一段余波。那是1948年，解放战争正打得火热。大清河北平、津、保大三角地带，复为国民党军队完全侵占。这年八九月，我受华北联大文艺学院派遣，深入到华北二纵队体验生活，恰恰赶上板家窝战役。部队从深县一带连夜神速北上，突然包围了新城霸县境内的十余处据点。我所在的团攻打沙口，这个据点距我家只约十多里。当我想到即将以解放者的身份出现在故乡父老面前时，心情之激动是不难想象的。不料，连攻两夜，伤亡惨重，竟不能得手。忽又得知北平、天津都有大批敌兵来援，部队乃下令撤回大清河南。

我的沮丧真是难以言传，同乡亲们光荣团聚的愿望落空了不算，还深知会因此而招来敌人更大的报复和摧残。可怜的亲人们，日子将怎么过啊？

　　撤退是在半夜开始的，从沙口一直往南。敌人随即开始尾追，天上有夜航敌机骚扰，不时投下照明弹来，弄得天空阵阵发红发亮，颇增加了阴沉恐怖气氛。此时我忽地发现，脚下通过的村子正是我姐姐那个小庄。那时，我姐虽已脱产工作，就活动在白洋淀中，但我还是升起一个欲望：必须给老父捎个信儿去才好！恰好，有个连队派人去找向导，我趁便离开大队，跑向小街的西头，而且找到了我大姨家那扇白碴木板小门。然而，小门闩得很严，夜里又不便喊叫，我便拿出打游击时练就的落门枕手段，将门端下半扇，钻了进去。但屋门关闩太紧，进不得。我便敲着窗棂子轻轻喊"大姨！"说明我是谁，要干啥。然而，一任我敲喊半响，屋内毫无反应，形如空洞。我又从柴垛上抽来八九尺长一根秫秸，从窗眼里捅进去乱搅。确实，炕上不像有人。我茫然许久，觉得时间已误去太多，便慌忙撤身去追部队，在钻过那扇白碴小门时，竟将皮带上一个搪瓷缸子也挂掉了。

　　部队还在鸣隆隆地顺流南进。我傍着队列奋力前追，刚刚赶上我所在的连，突见后面又追上三个人来：两个战士挟着一个老乡，也正往前赶超。那老乡手拄双腿，一步一拐，步履颇似艰难。战士们边走边给他解释："不要怕，就请你带一截儿路，到了渡口就放你回来……"显然，这是"抓"来的向导。我忙扑上去问：

　　"老乡，你是这村儿的吗？"

他答："是。"

"你认不认得徐志民？她娘家是段岗的！"

老乡顿了一顿说："知道。"

"托你捎句话行不行，告诉她段岗的老爹，让他快逃到河南里去……"

"噢，你是……"

"我是徐志民的弟弟。"

"噢，噢！那行，那行！……"

战士们急着完成任务，不等我说个谢字，带着他又朝前头追去了。

撤到大清河南之后我才想，如此托人捎信，也许是荒唐的。连个姓名也不曾问他，在兵荒马乱的现今，天晓得会有怎样个结果！后来就听说，国民党对待"共匪家属"十分刻毒，特制了一些灯笼，挂在"匪属"户的门上，不论日夜，谁都可以进去随意糟害。于是我更加祈望，那拐老乡什么话儿也不给我捎，倒是最好的结果了。

北平和平解放之后，我第二次回家探亲，老父亲活得好好儿的。他说："共产党也真不容易，那二年，国民党飞机一来，连日头都遮黑了！怎么说个变，唰一下子就胜利了呢？"我突然问他："前年托人捎过口信儿，收到了没有？"他说："收到了——你猜那捎信儿的是谁？"

"是谁？"

"就是你老丈人！哈哈……"

这所谓"老丈人"，除那一夜之外，我从来没见过——小时候也许见过的，不然他怎么见过我呢？只不曾注意罢了。至于那一夜，由于天色过黑，根本没看清面目，留在记忆中的只是一拐一拐。可我从未听姐姐或父亲说过，他是个拐子。我曾耽误他二闺女大好青春六七年，但他还是把口信为我捎到了。而这，是需要冒"通匪"风险的，可见仍是不忘旧情的了。

至于他的二女儿，姐姐后来说，嫁了县里一位工作人员，解放后，夫妻调往天津去了。

杀人布告

我做过六年多部队锄奸工作，却很少跟人谈起过，原因大约有三：一曰无业绩可夸；二曰动人兴味者甚少；三曰是机要部门，很怕无意中泄密，触犯了纪律。

1979 年春季，同那时还活着的鲍昌在云南前线采访，临回来之前，我们就伴儿跑去了腾冲，在县城外很高的一座火山口上坐着聊天。他忽地"咳"了一声，发个很突兀的问题："他妈的，就说我吧，怎么会打成右派的呢？"

接着他自问自答，说，一辈子就有一件事觉得于心不安：1948年在束鹿大小李庄搞土改时，贫农团捉起一个人来，那人是村中的斗争对象，派他这个还在音乐系当学生的小青年儿门外站岗，防止那家伙跑掉。谁知半夜过去，他推门一看，那个人悬在房梁上，吊死了。

他的结论似乎是：站岗不小心，枉自送人一条性命，天理循环，招致打成右派的报应。

这使我一下子回到了六年多的锄奸工作上去。若按鲍昌的道理推论，那么，我的良心就更没有理由保持安静了。比方说，那个在武强城外被砍头的家伙，肯定有我逃脱不掉的责任。

那是 1939 年冬季，正是敌人九路围攻冀中的时候，警备旅刚刚成立不久，我在锄奸科当文书。锄奸工作的任务是：保障部队的健康纯洁，挖出混进来的各色奸细。可是，由于编制上的紧缩，属于军法处的业务，也由我们科兼着，如开小差、犯军纪、违抗命令等案子，也归我科审理。因此，凡所属各团队送来的差犯，总是先由我照单子点收，然后再开条送特务连押起来。而这些差犯，既有抓自地方的，也有部队内部的，由各位专业干事分门别类去审讯。至于落案判决，当然由更高一层的领导去决定。总之，凡送锄奸科的犯人，第一面都经我的手，都是我亲自眼见的。

游击战争环境，到处是敌人据点，"扫荡"频繁，我们无后方作战，这样的历史条件，逼得我们审起案子来讲究快速简化。就一般情况论，那时判处案犯，大体只有两类：要么，关几天，放了；要么，枪决。根本没有徒刑这一说。部队天天行军打仗，飘忽无定，自己还没有"家"，到哪里找监狱去？

不幸是在一次夜行军中发生的。敌情逼得我们夜夜转移，而那一夜特别黑，还要从驻有几百鬼子兵的武强擦城而过，"注意肃静！"的口令一直传过去传过来。正在逼近武强，情绪越来越紧张的时刻，突从后头又传来一道口令："锄奸科的徐光耀到后边来！锄奸科的徐光耀到后边来！……"

我急急沿着队列往后跑，约过半里，见地头上一团人影，呈圆圈围着个什么，有"段蛮子"之称的锄奸科长正在那里。他一见我来，立即指着说："你看看，这个家伙是不是刘××？"

刘××是押在特务连的一名差犯，罪行情节最重。然而，天黑得伸手不见掌，特务连犯人有十几个，虽说都经过我的手，但只一面之识，哪里辨得清？段科长便让警卫员打手电给我照亮儿。警卫员怕惊动敌人，用包枪的绿绸子把手电筒镜面罩住，弓着腰遮住面敌方向，捏亮了给我看。

实在说，那张绿脸已经变形了。他得了急症，一开始就跟不上行军，强挣强拽走了两程，便跌在路上爬不起来了。后来把他扶上一匹马，过不久，又从马上栽下来。问他叫什么，已经答不出，这才报告段科长。于是叫了我来辨认。然而，那电棒又不敢亮得过长，闪一闪，忙又熄了。

"是不是刘××？"段科长再问。

"好像——有点儿像……"我说。

这就决定了这张绿脸的命运。当时距敌人那么近，是不好开枪的，特务连有个很利索的杀手，随身带有马刀，便交他带往远些的坟地里，砍了。

但是，第二天天亮，段科长一见我便吼叫起来："你这个小鬼！怎么搞的？什么刘××啊？！乱弹琴！"

我这才知道把人认错了，登时慌了手脚，冒出一头冷汗来。

那时的八路军，政策正一步步地细致起来，按规矩，杀人要出布告，把罪状公布于众，以儆坏人效尤，而使好人称快。秘密处决，是有背"仁义之师"的宗旨的。记得段科长还找了几位干事，商量布告如何写法，大家都表示为难，这就尤其使我感到罪孽深重。

文书相当于班级干部，我那时还不满十五岁，参加革命一年略多，细算起来，似乎也不好把责任都推在我的头上。何况，犯人就是犯人，反正都不是好东西。总之，事故是出了，对我却马马虎虎，除了"乱弹琴"之外，没有进一步深究。倘不是鲍昌提起，我几乎早把那张绿脸忘干净了。

然而，要想到报应，则还有一桩要案，更先于绿脸而出现在我的心头，每一忆及，情绪立即纷乱而复杂，它曾带给我几分得意，也隐着一丝丝不安。就是这一丝丝不安，才造成了这历久的难忘。

那是接着又干了五年的锄奸工作之后，到1945年春季，我在锄奸科充当大干事了。这中间，冀中抗日根据地经历了兴旺—变质—又恢复的巨大变化。原来的主力部队已撤往深山，新的团队多由游击队升级而成，环境依然残酷，战斗仍很频繁。所以，部队还在按照1942年的样子，一律穿着便衣。不用说，这最为贴切地说明着军民之间的鱼水关系，军队倘离开老百姓，是一天也存在不了的。

可是，由村到区，由区到县，由县到专署，把件令人大吃一惊的案子反映到分区政治部来：有名八路军伤号，在一户老乡家养伤，这家老乡百般照顾，细心护理，让他很快治好了枪伤，养壮了身体，可是，他却把房东的儿媳妇拐跑了。

转来的报告说：这件事，在全村、全区、全县，搞得"群情激愤，影响极坏！"

分区领导当然大为恼火，马上给通信侦察连下了命令：无论如何，也要把这小子抓回来！

八路军的侦察员都是掏窝抓汉奸的内行，办这点事，哪消神出鬼没手段，不几天，人便抓来了。

经锄奸科（仍兼军法处）一审，事实确凿，本人供认不讳。

如何量刑，舆论是一边倒的：不杀不足以平民愤，不杀不足以挽回恶劣影响，不杀不足以恢复八路军的名誉，不杀不能保卫军民的亲密关系。总之，杀，杀，杀，非杀不可。

分区领导当即作出决定：在出事当地召开万人群众大会，将该犯宣明罪状，执行枪决。

又该出杀人布告了。在锄奸科诸干事中，唯有我喜欢舞弄点笔墨，以往出布告或写判决书，也都是我的事，行文套子是烂熟的，就以此案为例吧，开头总是这样："查拐带民女犯王黄，年二十三岁，某省某县人，原系我军某团某连副班长……"后面就要说到犯罪事实，然后论列罪恶危害，最后以"验明正身，绑赴刑场，执行枪决，切切此布"作结。我只上过四年小学，这些格式都是从前人布告上学来的，至于什么叫"验明正身"，什么叫"切切此布"，都是半懂不懂，稀里糊涂。

然而，这次写布告，与以往略有不同，心境上老觉着有点别扭，这是从详读了犯人的材料之后才引起的：王黄是与敌人战斗时负的伤，他不但在危急中救下一名战友，还凭着个人勇敢扭转危局，且缴获两支步枪。而在以前的战斗中，他也每战都有良好表现，一仗下来，大小总有斩获。小伙子只有二十三岁，生得剽悍、猛愣、骏骨崚嶒，眼睛一闪，给人感到连骨头缝儿里都在往外冒劲，很有股子摄人魂魄的野气。倘关上三个月，仍然放归前线，肯定还会像活虎儿一般杀敌立功的。

至于对被他拐逃的那位妇女，他只说了一句话："我没有亏待她，我对得起她。"

而据传说，这位少妇自被侦察员安全送还其家后，一任亲族百般追问，只是一字不吐，也毫无悔恨之意。又据说，三天之后，她突然半疯格魔，变得傻乎乎的了。

可人是要杀的，这些怎么能在布告上落笔呢？

一杆笔在手里搓来搓去，老也写不成几个字，苦熬半天，忽然灵机一动，来了法子：我何不抛开自己，设身为领导着想，也来个"挥泪斩马谡"呢？王黄有过功劳和苦劳，纵然犯下死罪，也是不该全予抹杀的，流露点同情，又有何妨？如此一想，我便从反面文章下手了：在讲他罪大恶极之前，先把他的勇敢和战功描述了几句，然后才掉转笔锋写到他"罪行严重，理无可挽，必须处死"上去。最后当然照例是"绑赴刑场，执行枪决"，斩钉截铁，毫不宽贷。

布告写成，先拿给锄奸科长看，科长又转呈政治部刘主任审核。刘主任有大学学历，工作紧张而性急。他看了，把行文转折处的"不听教训"一句改为"不聆教益"，然后拿给油印室，叫用毛笔抄成大张，又拿红笔点过，就让夹在一位警卫员腋下，带往群众大会去了。

我没有参加那个大会，据说开得隆重而火爆，不但附近驻军都去参加了，挨近出事地点的大片村庄，也都把群众动员去了，总有数万人之多。首长讲话时，口号声此起彼伏，轰雷一般响亮。最后一记枪声，全场鼓掌，情绪沸腾。

那张布告，就在此时贴在了村中最显眼的墙壁上。

散会回来，政治部院子里依然气氛活跃，大家围着刘主任，述说所见所闻，汇报各种反映。正在热闹，喘吁吁跑来一位团政委，大远就嚷着说："刘主任，这张布告写得可不错，不但老百姓看了满意，战士们看了也直心酸，还有掉眼泪的呢！反映普遍说好！……"

"是吗?"刘主任立即眉眼开花了，当胸给我一拳说，"哈哈小徐，你还真有两下子啊!"

我脸上也立觉涂了油彩，不由得风光起来……

也正是因了这点风光，使我生了"跳行"之意，并在不久之后，真的转入到永无安宁之日的文艺界来了。

这事已经过去五十多年了。每当想起，总还在得意之余，感着些不自在，虽说不上亏心，却摆不脱那点酸酸的无着无落之感。固然，战乱年代，什么事都会发生，不能拿太平时节的规范妄予评断。同样，人也不能一味将小比大，古今混同，世界远不是完美的，这就是到处还有叹气之声的缘故。即使是鲍昌吧，跟我发那通"报应"妙论的工夫，头上是还罩有阴影的。后来，环境地位有了变化，若再提到这类事，怕也会更为体谅、更为豁达的吧?

——至于那张绿脸，情况略有不同，若他地下有知，而且罪不当砍，是一定还要向我追索些什么的……

忘不死的河

我老是想念那道河，想念那道河里的水……

那时的八百里平原有很多河，天天行军，天天过河。有时候走在长堤上，流水能陪伴你一走半天，它们不时地跳几朵浪花，泛几圈涟漪，拧出些酒盅儿似的小小旋涡在水皮上旋转。这时候，你就会禁不住地唱起《黄水谣》来……

现在很少发洪水了。想起1963年那场特大山洪，心上不但不再怕，还有几分企盼呢；至于1939年的遍地汪洋，尤其鼓人兴致，它虽然淹了庄稼，却也困住了敌人，让鬼子的大炮汽车毫无用武之地，使散在四乡的八路军，一面同群众抢种抢收，一面加紧着根据地的建设。

那时的子牙河，满槽大水，滔滔东流，极为雄伟壮观。骑着河，有个小范镇，昔日车船店铺，颇算繁华，我们"民抗"的司政两部，就驻在这里。此地虽距敌占据点武强城只有半日路程，但因洪水遍地，敌人不能来犯。于是我们在河上架一道浮桥，安然地住下来。河水便咆哮着从桥下冲过，汹涌激荡，声音可传至数里之外。

我们锄奸科驻在河西的一条胡同里。房东姓康，老两口一个闺女，十分安静。我们住东厢房，房东住北屋两间，从院里望进去，其外间挤着两只中药柜子，成排的抽屉上满贴着药目；柜前是张六人桌，摆着一具香炉，却不见香火和神像。战乱年代，大家都是这么凑合过日子的。

锄奸科总要审讯那些在押的犯人。审讯干事住在西邻，那边院子大，能同时容开两个审讯摊子。段科长如果不开会，也常去参与审讯，留下我这个当文书的小鬼"守摊儿"，做些整理文件及往来报表之类的工作。在房东看来，我这里很文静，而西邻则很热闹，时有喝呼叱咤之声隔墙传来，使康大伯颇显得紧张，对我们也就特别恭敬，跟我说话都是小声小气，察言观色的。

过了七八天吧，房东才习惯下来，看我空闲时，有时便也凑上来说说话。他首先对我感兴趣的，是小小年纪却干了武装部队的"文差事"，有武威，也有文智，真令人艳羡。他还问我"一月关多少饷""上过火线没有"，当知道我本是个庄稼主儿时，话就更多了。但他也懂得我科是个机要机关，从不进我们东厢房来。

其实，那时八路军的好名声已在群众中确立，很快我们便熟起来了。有一天吃中饭，康大伯点手把我招到他家锅台跟前，轻声说："徐同志，今儿我们吃馏红薯，虽说是'水涝儿'，你瞧，馏得挺透。"我看时，那红薯确乎馏得好，鲜红香软，油亮放光。康大娘已装满一盘，捧在手上。这时，帘子缝里忽又闪出一双大眼来，忽幽幽地盯着我看，那是他们的半大闺女。康大伯接着说："我们想请段科长你们尝尝鲜儿，可不知道这算不算破坏了八路军的规矩？"

那时冀中的八路军，吃点房东的山药、红枣之类，是常情，算不了什么。我见他如此小心小胆，便连感谢的话也不说，把盘子一接，道声"没关系"，就直接端回了厢房。

似乎就从这天起，那个一直躲着的女儿，开始露面了。她扫地，喂鸡，在窗根下侍弄"死不了"和凤仙花，即使是背影，我也能感到她投过来的眼光。有一次，我给文件弄得头昏脑涨，到院里来漫步，康大伯也凑过来同我搭讪：

"徐同志，这一天一天地又写又画，累了吧？"

"不累，又不是耪地脱坯。"

"是是。可文差事是很劳心的，得结记身子骨儿呀！"

我笑笑，想到了他的药柜子。此时，西院忽又传来斥责吆喝之声。康大伯便屏住了气，停停，又问：

"这西院儿审的，都是汉奸吗？"

"有的是，有的不是，也有犯了军纪的。"

"要坦白得好，不要紧吧？"

"坦白得好当然宽大，我们主要是教育；可真有罪恶，也不能纵着。"

"那是，那是！八路军，政策就是好。"

那个半大闺女忽地从花池子赶过来，张嘴就问："要老是又打又骂地审，会不会把人冤了？"

我还未及回答，她爹就呵斥道："这孩子真没管教儿！出来就乱插嘴，回屋里去！"接着就传来大娘的喊声："缨子！缨子！"那闺女愣愣神儿，颇不情愿地回屋去了。

实在说，从打进门开始，我就注意上这个闺女了——她很像我老家对门那个叫苗的姑娘。苗的眉眼口鼻，形貌举止，乡亲们说，都是按照画儿上的规格"打造"的。她一上街，男女老少的眼睛就都向她聚过来。这个缨子，除年龄较小外，与苗竟像一个模子刻出来的，不同的只是，眼里不藏忧郁，老焕发着欢乐的亮光罢了。当然，八路军有铁的纪律，干锄奸的更不能胡思乱想，何况年龄都在十四五之间。我个游兵野小，哪有想入非非的份儿！

又过几天，段科长提来两个犯人。我以为他要亲自审讯，谁知只告诫了几句，便把他们放了。两个家伙出门时，眉舒目展，鞠躬称谢不迭。到他们走远了，康大伯竟迈着匆忙的步子，双手合十，大远地向我奔来："放啦？放了好！你想想，他一到家，妻儿老小看见，还不跟天上掉下来一样吗？"

缨子也不知从哪儿钻出来，嚷着说："你们八路，能逮人，能放人，不打马虎眼，就是强！"

仿佛因为高兴，这天下午，房东一家拿着锨镰，戴着草帽，要下地了。我见康大伯还提根竹篙，便问他们干什么去。康大伯说，淹在水里的玉米脱出来了，他们去把秸秆收回来。我这人喜欢水，也喜欢船，今儿段科长正写月终总结，我在家反而干扰他构思，便问康大伯能不能同他们一块儿去。想不到得到了格外的欢迎。

我们出了村子北口，就见一带很宽的水面，把远处的庄稼与村子隔开着。水平静而清亮，已不流动，显然是积在坑洼里的余洪。岸边上拴条玲珑小船，俗名叫"小三舱"。我和大娘先上去，坐在中间。

缨子拿着铁锨蹲在船头。康大伯解开缆绳，用篙一支，我们就悠悠离岸了。

绿水溶溶，小船划开两道白羽似的翅膀，漂向对岸。到了竹篙探不到底的深处，缨子便以锨代桨，左拨右拨，驾着小船前进。她干这个活儿一定很熟了，动作协调，神色从容，舞着铁锨的双臂翩翩飞动，姿态十分优美。我望一眼天上纯净的白云，听着远处大河里哗哗的水声，真想永不到达彼岸才好……

此时，康大伯忽儿问起我的家乡籍贯来，还问到地亩房产、弟兄状况以及我短得无法再短的人生经历，末了儿竟问到定没定下"家小"，一下子把我问羞了。我胡乱支应说："兵荒马乱的，哪顾得上那个——"却惹得连大娘带缨子都哧一声笑起来。

终于到了地里，干黄的玉米秸，横倒在干裂的泥皮上。大伯大娘把它们割下来，我和缨子再敛成一铺一铺，用秫秸"要子"扎好捆，然后抱回岸边。玉米叶子在"沙沙"声中发出清香，我们往来捆扎抱运，干得热烈而开心。用"要子"捆扎，需要小小一点儿技巧，我在家时干过，操作还算在行。这使缨子大为惊讶，居然把眼睁得老大说："咦，敢情你真是个老百姓呀！像你这样儿能杀人吗?"因她问得突兀，我只笑笑说，人，确实还没有杀过。

接下来她的话就更多了，问我对她家的看法，问我什么叫"和善"，问我跟什么人最要好，最后"喂"了一声又问：

"你的家离这儿有多远?"

"总有一二百里地吧。"

"坐车去，一天到了不?"

"坐什么车?"

"牛拉的，要不驴拉的呗。"

"哎呀，如果不绕据点儿，恐怕也得两三天。"

"两三天?"她的眼睛又睁大了，"走趟亲戚，半道上还得借宿儿?"

"是呀，谁叫我们没有长翅膀呢。"可这句玩笑话，却没有把她逗乐。

太阳渐渐西沉，玉米割完了，并已搬运上船，于是启棹回家。船太小，三个小舱堆满秸秆，蓬松得像个小垛。大伯大娘挤在船尾，我和缨子占了船头，前后几乎不能互相望见，但行船还是很平稳的。然而不一刻，缨子的划船动作看得我手痒，便请求也让我试试。她很痛快地就让给了我。于是，我也学着她的样子，蹲在船头，探身向前，把铁锹左一拨，右一拨，划水前进。水是碧琉璃似的透明，两道白浪在船旁分飞，轻风拂耳，水声溅溅。我只觉像片云彩似的向前飘浮，不料幽梦刚刚开始，却"咚"的一声，小船撞到水下的木桩上。我向前一扑，正要掉下水去，却被一只手抓住，将我轻轻地提了回来，背后随即爆发了"嘎嘎"的大笑。我回头一看，缨子用手背遮住嘴，在恣意地前仰后合，对康大伯给她的呵斥，一点也不在意。

可惜，时光是深奥难测的，这样的日子并没有维持多久。那是两天后的一个夜晚，熄灯号早已吹过了，却传来沉重的脚步声。侦通连四五名战士，押来两个便衣差犯。段科长很细心地审视了一番，便开条子给特务连，让把两个家伙单独看押，严密监管，接着就押走了。其中一个矮胖的家伙，随走随大声咳嗽，仿佛得了感冒。

次日一早，康大伯忽又对我毕恭毕敬起来了，有半天，一直在院里磨磨蹭蹭地遛弯儿。在段科长出门之后，他又老远地朝我微笑、点头，十分小心。我很纳闷，凑过去问他："有什么事儿吗？"他犹疑了好一阵才说：

"徐同志，我要问了不当问的，你不怪罪吧？"在得到肯定后，他才鼓着勇气说，"昨儿半夜那俩人，犯的什么事？"

"呃，是汉奸吧。"

"汉奸？哎呀！……"他呻吟一声，低下头去。

缨子——她原就躲在门后，突然跑上来冲我说："喂（这是她对我的称呼），那俩人是我们村的，姓范，不是汉奸，平日待人好着哩……"

"你又插嘴！去去！给你妈找剪子去！"康大伯又撵她。我却赶前一步，隔着大伯的肩膀，朝她说："汉奸也不往脸上贴条儿呀，待人好不一定就没坏心！"

"不对，他们不是那号人，他们可……"但她给康大伯连推带搡，推回北屋去了。

这事还是引起了我的注意，下午便问段科长，那两个家伙是桩什么案子。段科长很干脆地说："破坏分子——汉奸！"但听我汇报了房东的"反映"，他忽儿沉了脸，警告我说："你可要警惕，这村里有国民党支部，莫叫掐住你的喉咙哟！"可我问："现在不是国共合作一同抗日了吗?"他却道:"你晓得什么?十年内战,割了我们多少脑壳啊!"

陡然间,我陷入一种神秘难测的迷茫中,可细心观察,段科长倒也无意搬家,心中才稍稍安定。傍黑,碰见缨子出来抱柴火,忽想起"汉奸也不往脸上贴条儿"的话,便冲她一笑,说:"缨子,你这人儿挺不赖呀。"说出去了,才发觉这是句傻呵呵的淡话。

缨子果然有点意外,睐着眼反问:"你怎么知道我不赖?"

"勤谨,好劳动,心眼儿挺好……"我拣着好听的词儿,随意瞎捧。

"呦!你倒挺能的,心眼儿好坏,也能看见?"

"细心看,就能看见。"

"你拿我也细心看?"

"这有什么,对谁都可以细心看呀。"我心上有些着慌了。

"啊,怪不得你在锄奸科,也挺不赖的……"说着,那大眼一波一波地闪了好几闪,像我家对门的苗那样,笑吟吟回屋去了。

这天晚上,西院里进行"夜战",加班审讯那两个姓范的家伙,连段科长也亲自出马了。质问叱喝之声尽管在压抑着,仍很尖厉地传过墙来,敲碎着寂静,搅扰了安宁。

次日一早,连康大伯也怕跟我碰眼光了。缨子呢,老站得远远的盯着我。我发现了,向她微笑,她却猛然一惊,立即走开,那么欢快的眼睛,竟蒙上一层凄然的迷雾。

关键时刻是在第三天深夜,遵照段科长的命令,我把两个姓范的从特务连提出来，交给了等在院里的本地公安人员。两个家伙都倒扎双手，喘气很粗，在几声咳嗽之后，被押出院子，消失在夜色中。

从此以后，房东一家便全然恢复了当初的安静。除了挑水抱柴之外，几乎不见康大伯活动，大娘更不露面。缨子呢，人踪绝灭，连影子都不见了。这座院子，一时竟成了荒村野店。

是的，街上也有些纷扰，传说在下游河槽中漂流着两具浮尸。然而，谣言是战乱年代经常发生的现象，它跟锄奸科有什么联系吗？谣言，只能当它是谣言啊。

在僵冷的空气中又度过三四天，驻武强的日本鬼子打来了。洪涝已经撤尽，天气转为凉秋。敌人取干道包围上来，战斗于是开始。小范的地形利于防守，部队驻了这么久，也必须抵抗一下，好杀杀敌人的气焰。至于司政两部的非战斗人员，当然要转移到安全地方去。锄奸科是在枪声激烈响起的时候才撤出的，以致没来得及跟房东告别。

当机关部队拉开疏散队形，撤上子牙河大堤时，被敌人的炮兵发现了，一排三发的榴霰弹，接连超越射来。一时天上地下，到处有轰雷猛炸，河面溅起水花，柳叶纷纷碎落，逼得我们弯腰缩背，一阵猛跑，直至五六里地之后，才逃出了敌炮的射程。

就在我们聚在一个村头上喘息的时候，突见一团老百姓，簇簇拥拥地沿堤走来。离近了才知是架着一个伤兵，我们一群人忙迎上去接应。但见一位给炮弹炸烂腿的战士，趴在壮汉背上，而托着他一只脚紧随其后的，正是房东康大伯。那只脚显然炸断了，他不得不弯腰紧凑着前行。抱着棉被的缨子母女，也紧随左右，个个大汗淋漓，乱发贴满了她们的脖颈和脸颊。

我们一面感谢，一面喊他们快把伤员放下。缨子便把棉被往堤坡上一铺，扶伤员躺在上面。当我喊着"康大伯"冲到他面前时，他一见是我，只似笑非笑地"啊"了一声，便愣愣地转过颈子，看闪光的流水去了。我再招呼缨子，她竟然身子一退，闪到了她娘的身后。只有大娘，半张着嘴，好半天才露出一丝苦笑来……

我耳朵里一阵嗡嗡响，心上感到冷冷的刺痛。缨子怎么了？她生病了吗？难道不是她故意让小船撞上木桩，把脸笑得绯红吗？记得有一次借针线，她是把针放在掌心里给我的。锄奸科训诫过我，说这是诱人抠她手心的手段。我当时脸红了，便掌心向上伸手去接，她很自然地翻转手腕，把针扣给了我，我们谁也没有看出对方有什么邪念。我还有什么地方亏待过她吗？是的，也许不该由我把那两个姓范的家伙交出去，可那是奉命行事，与我有什么相干呢？……

当我怏怏无奈地转身走开时，背上总感到有双眼睛，很幽深地从大娘腋下射过来，悄然把我盯了很远很远……

五十多年过去了，那一点幽情老牵着我一条神经，总也不能忘记。如今，缨子倘健在，当是一位白发苍苍的老太太了。她还住在那两间北屋吗？屋里还放着药柜、香炉吗？她还记得那个曾在她家住过的小八路吗？记得那一起捆柴、一起划船的情景吗？……

子牙河的水干涸许久了，当年她那滔滔不尽的激流多么使人眷念啊……

神游故校

1990 年 5 月 9 日，与"二白"（白石、黎白）一同去辛集、安平访旧。四十三年前，我们曾在那儿的华北联大上学，有一段难忘的经历。当时，我们都年轻，黎白还可说是个娃娃。如今，雪丝上头，发秃顶谢，连孙儿辈都有了。遥想当年际遇，怎不有物换星移之感呢！

一、改变我命运的"怪味"演出

抗战胜利后，我一直住在辛集。冀中十一分区的司政两部，就驻扎在胡合营的道北大院里。1946 年上半年，晋察冀忠实执行与国民党的"双十协定"，军队曾埋头于"复员"。不料，太平日子没过几天，国民党的进攻打来了。入冬，华北解放区的唯一大城市张家口，被傅作义侵占。战火渐渐弥漫到辛集。我当时在分区前线剧社任创作组副组长，大家迅速动员，投入反内战的文艺宣传活动。但由于石德路已彻底扒毁，敌人大据点石家庄远在百里之外，除天上偶有敌机飞过，炮声还不曾响到耳边。所以我们的生活节奏仍带有安稳的后方气派。

一天，分区大院忽地喜气洋洋，操场上在搭戏台了。我们"前线"从不敢在分区大院逞威风，"什么人敢来这里演戏呢?"于是很快传来消息：要来的是联大文工团。他们刚从张家口撤来，为保密起见，联大不叫联大，对外叫作"平原宣教团"。

这不啻在院里放了一颗炸弹。联大文工团，张家口出版的《晋察冀日报》上，曾多次登过他们的消息，《白毛女》早已轰动整个解放区。联大文工团，在我们小小剧社的眼里，就是一座辉煌的艺术宫殿啊！

演出进行了两个晚上，第一晚净是歌舞小戏，《夫妻识字》《小姑贤》，便在此时相识。实在说，我们在下边看着，并不觉得怎么过瘾。记得突出的观感是两点：一是台上的人年纪都挺大，女同志穿一身毛蓝布棉袄裤，棉布帽子掩着两只耳朵，捂得一张脸只剩碗口大，留着鼻子眼睛嘴巴勉强能活动就算了，有些人还腆着肚子，闹不清生过几个孩子了。我们"前线"要演起戏来，小青年们往台上一站，那股齐刷刷的精神劲儿要比他们强得多。其次，他们的歌声整齐洪亮，仿佛人人都有一副好嗓子，指挥的手势一点，声音呼嗵一下就像从炮筒子里打出来似的，然而听起来却又土又愣，怪味十足，简直叫冀中人一阵一阵地直傻眼。后来，人们就把这股怪味叫作"山杠子味儿"。

然而，说来也怪，第二日白天，整个分区大院便到处充满了这种"山杠子味儿"的歌声，年轻的、年老的，男的、女的，一张嘴就是"手榴弹呀么吼——嗨！"或者"山药蛋呀么哪呀哈……"专意模仿那土愣腔调，一时竟成了时髦……

第二场演的是全本《白毛女》。

《白毛女》，我们剧社已演过，对话、唱词、曲调、情节，人人都熟，这次要看看来自"源头"的演出，好奇心都挺盛。大幕尚未拉开，贺敬之从幕布缝里钻出来，以报幕员身份说了几句客气话，然后锣鼓一响，开始"打通"。冀中人戏迷多，对各种锣鼓经十分在行。这通鼓，从开槌起便节奏欢快，蓬勃响亮，实在顶得一场优秀的"帽儿戏"。有人被那撒珠般的鼓点所激动，禁不住撩起侧幕下角偷看，于是惊讶而悄声地喊起来："你猜打鼓的是谁？——周巍峙！"

周巍峙当时是联大文工团团长，大家早有耳闻。此人一向严肃端庄，两目直视，不苟言笑，谁也想不到他能打这样一手好鼓，就像昨天看到李焕之吹得一口漂亮的短笛一样，大人物把这等"雕虫小技""玩儿"得如此精到，实实令人感服。

这一晚的《白毛女》确实把人"震"了。歌唱家孟盂扮演喜儿，她的唱腔优美高昂，激情迸发，一句"我不死，我要活！——"真如长虹喷空，全场震悚，至今还觉回肠荡气。饰杨白劳的是牧虹，这角色大约一开始就归他演的，全是驾轻就熟。喝了卤水以后的大段"舞蹈"，把悲痛凄绝的情感发挥到了极致。陈强演的黄世仁不必说了，他把两个冷眼珠子一拧，立刻使你脊梁沟子发凉，如果不在最后"枪毙"他，人们怎能饶得过呢？饰穆仁智的那位，我把他名字忘记了，真可惜。他在《小姑贤》中也演个角色，秧歌扭得极有风致。此人演戏讲究含蓄，动作表情幅度不大，却把穆仁智的奸险卑劣，尽含在轻言巧笑之中，韵味深沉耐久。可惜不知何故，解放后此人未能出名，真真令人遗憾。

最风光的成功要属演王大婶的邸力（人都叫她阿邸），她出场一笑，便赢来满堂热烈的掌声。后来座谈时她说，她自己也不清楚这一笑为什么受欢迎。现在我来替她解释：当演员与角色达到神合境界之后，哪怕一颦一笑，也会出现"神来之笔"的，它会一直捅到观众的心窝子里去。

不知什么缘故，这一次，郭兰英和王昆都没有亮相。

但我们小小的"前线"还是疯魔了。此后大约十多天，分区政治部作出决定：把剧社全体拉到联大去，去受几个月训，以便在素质上有个显著提高。这个决定立即受到普遍一致的欢迎。同时，也在很大程度上改变了我的命运。

二、舒强怎么发了脾气？

"前线"拉进了联大文艺学院，与文工团住在一个村，就由他们具体辅导我们。每日一早，便有陈强、桑夫、吴坚几个人，带我们扭陕北秧歌。他们从察北来，早晨习惯穿厚棉袄、皮背心，两三圈扭过，就不免口喷白雾，汗流浃背了，于是就扒掉棉袄背心，顶着一头汗，在排头位置上更扭个生龙活虎。他们被傅作义穷追千八百里，现在喘息甫定，居然还有这么大精气神儿，我们都觉得奇怪。

我们也有选择地在各系听听课，听得最多的是在戏剧系。而我们"前线"触过一个大霉头，也在戏剧系。

大约是想让老师们了解一下我们的水平，可能还有借机表现一下自己的意思，总之，我们给文艺学院全体师生演了一个晚会。节目有唱有说，还有个独幕小戏。因为对象不同，自然选我们最拿手的，倘若受两句夸奖，也是一种光彩呀。

演出效果，据我当时感觉，还真不错，不时有笑声和掌声轰起来。特别在那个抓俘虏的小戏中，两个"国民党兵"给解放军吓得到处乱钻，钻到无可再钻时，这个钻到那个的胯下，那个再钻到这个的胯下，引得台下一片大笑，笑声之高，连我们的耳朵也在嗡嗡作响。最后，在一片掌声中谢幕下台。

过了四五天，戏剧系主任舒强给我们讲表演。他是老演员了，舞台实践很丰富，加上口才好，表情手势灵活逼真，课讲得一绝跟着一绝，叫人眼睛耳朵着忙不迭。舒强为人又极谦逊和气，随便在哪里碰见我们这般青年娃娃，没有一次不微笑点头的。在讲课中，他不时地问：我说清楚了没有？这意思说明白了吗？瞧神气，只恨没有把心掏出来给大家看。可就是这么一个谦和温厚的人，忽在一次讲课中发了脾气，原因是提到了有人在舞台上随意胡闹。他说，那根本不是表演，不是艺术创造，而是把虚伪的、扭曲的、违背生活真实、胡编滥造的东西，硬塞给人民群众。至此，他声色俱厉地说：这是糟蹋艺术！是对人民的亵渎！演的那叫什么戏？只能叫"王八戏"！正在大家惊愕得不知所措的工夫，他又补充说，"那天你们那个'抓俘房'，两人争着往腿裆里钻，也应该说是'王八戏'！"他的话，使我们的脸都红到了耳根。

冀中的小知识分子们脸皮都挺薄，当面骂街，他们常常是受不了的。这堂课下来却怪，大家都没有表示不满，情绪尽管沉重，心里很

　　　　　　　　　　　　　　　昨夜西风凋碧树

服。可见确是真理的东西，就能一正压百邪。然而，事过四十三年，今天再把这个尖锐的批评重新回想，就觉得我们为真理、为艺术而挺身奋斗的人，为党的文艺方向和方针政策仗义执言、锐意拼搏的人——像舒强这样，为保卫信仰和事业的纯正而不计利害、正面冲刺的人——已经不多见了。而这，是很可悲的。人们呼唤恢复传统，就该在这些地方呼唤恢复吧?

三、耳目一新的"竞选"

我在剧社创作组工作，其实是瞎混，除了能写两刷子之外，戏、音、美等等一概不行。在人手不够的时候，虽也跑跑"龙套"，但兴趣未曾在舞台上。有一天闲遛，碰到了文学系的学生——活跃人物陈森。我问他，文学系是学什么的? 他十分夸耀地把情况一介绍，立即就把我"抓住了"。

那时，我已有本自己作品的剪贴簿，贴着我发表在各小报上的战斗通讯、故事逸闻之类，篇幅多在三四千字之间。我就是凭着这本簿子，通过系主任陈企霞的"考试"，做了文学系的插班生。

1947 年 2 月的某一天，我背着小背包，穿着剧社发的带马裤插兜的军装，惴惴地走进了一家农户的大门，到文学系第一学习小组报到。雅静大方的老大姐组长周延接待了我。小组成员还有白石、黄山、叶星、肖雷等人。那时候，我已享受营级干部待遇，却兴致勃勃地跑到这儿当起"兵"来了。

我是上了四年初小后当八路的，在战火弥漫的军旅生涯中长大，现在入了大学，环境十分新鲜。支部告诉我：这儿的党是秘密的，不许暴露身份。只这一点，便觉很不习惯。在部队，呼唤党员，向他们发号召，要他们抢任务、下保证，是家常便饭。如今呢，要把自己"埋"起来，连汇报思想，也得绕弯子躲开同学的眼睛；党内开会下通知，也贼溜溜地扯袖子，递眼色。我没有干过地下工作，对这一套，觉得又神秘又好笑。

生活管理很民主，学生会起很大作用。教职员们相当超脱，除教学外，不做什么干涉。恋爱，是生活中的敏感领域，部队对此向来控制极严，而这里，仿佛大撒手，只靠道德与风气约束。也许正是这个原因，把一位很可爱、很漂亮、人人喜欢的女同学田赐"葬送"了。追想起来，她根本没有道理去死，如果思想工作跟得及时，她是很可能活到今天的。

最令我感到新奇的是学生会的选举。有一次系学生会换届，上届主席报告工作之后，便宣布"竞选"开始。会场气氛一下子便"开锅"了：有为自己竞选的，有为他人竞选的，都极力申述理由，或说明自己的优长，或发表"施政纲领"；为他人竞选的，则要把被举荐人的优点、特长和工作能力，样样说个明白。而高潮却是"反竞选"，人们对不同意的竞选人，当面反驳和批评，不但揭出种种缺陷，也毫无遮饰地说出他不称职、不合适、不应进入学生会的理由。这种面对面的争论"作战"，激烈、无情、公开，既是求实的，又是磊落的，言过其实或名实不符的地方，会立即被揭露或矫正，几乎没有私情诬陷的可能性。

经过这场竞争，然后投票。当选者差不多确是受到拥护的人，而他们工作起来，也真能勤谨负责，尽心办事，监督的眼睛就在当面，要懈怠，想"出格"，是不容易的啊。

后来，我们还选举过出席国际学联大会的代表，因为是全校竞选，规模、声势都更为宏大。记得宦乡的爱人（当时在政治学院学习，名字忘记了）最后当选时，学生们情绪沸腾，激动到把她举在空中，绕场一周后才送往主席台。你也许以为这不过是学生们的"狂热"吧？但我却觉得，即使是"狂热"，也是革命在兴旺发达时的标志，至今说着想着，心头仍在怦怦跳呢。

四、打仗·下乡·娱乐

联大生活很苦，苦到什么程度，"二白"的文章都有描述，这里不赘。难得的是，人们却能苦中作乐，苦中出学问。

在联大，印象最深刻的仿佛并非读书上课，而是课外活动，是校园（如果存在校园的话）内外的大天地。我进文学系刚及一月，便赶上全系分散，深入生活：大部分同学到各村采风去了，另有十多人，因石家庄的国民党军不断向我区骚扰，藁、正、获一带战斗频繁，便由教员蔡其矫带领，深入西部前线，分在各部队采访、体验、学习、锻炼。因我来自部队，理所当然地分在了这个组。

半月过去，同学们都尝了尝战争滋味，有参与支援前线的，有和民兵一起埋地雷、割电线的，有访问战斗英雄的，也有直接参加了战斗的。大家重聚一起的时候，个个激情满怀，兴奋异常。蔡其矫那时也是个青年，听了各路人马的汇报，不禁眉飞色舞，激发了诗人气质，大放豪言说："好！我们回去把事迹集中起来，写它一部《新水浒》吧。"可是，写《新水浒》，真是谈何容易啊！

下部队参战的事，以后还有多次，值得捎带一提的是贺敬之，他此后不久即参加了青沧交战役，并与突击部队一起登上了城头。作战部队觉得，一位写过《白毛女》的作家，能与战士一起冒死爬城，精神可嘉，便写信来校替他请功。年底，全校搞立功运动总结，他果然因此立了一功。我那年曾发表短篇《周玉章》，因编辑肖殷加按语表扬了几句，也立了一功。但我这一功若与贺敬之的火线登城相比，实在是太便宜了。

至于下乡、劳动、土改、搞群众工作，都是日常功课，联系群众的观念是极其明确的。平时与房东、与民众的交往，不只为搞好关系，也与业务血肉相连，向群众学民歌，录曲谱，听故事，搜集语汇、剪纸、绣花样子……不论文、美、戏、音，各系皆成风气。文学系的墙报《文学新兵》上发了李兴华的短篇《红线缘》，从形式、语言到内容，都是地道民间风味，立即受到文学系师生的交口称赞。我曾把一段民间故事《县官和他的仆人们》，拿到系的晚会上去说，不料大受欢迎，又被推荐到全院晚会上去讲。当我再次讲完时，掌声还在其次，诗人艾青（文艺学院副院长）特别找到我说："听了你的故事很感动，能不能把稿子抄给我一份？"可见当时对民间艺术的追求，从

　　　　　　　　　　　昨夜西风凋碧树

上到下，充满何等热情。绝不像而今的某些人，一提民族的、民间的，则是嘴角一撇，满脸不屑的样子。

提到文艺学院的晚会，那实在令人向往。多少年来，大型隆重的演出总算见过不少，若问哪个砸下了最深的印象，则我们院的文艺晚会，必是首先跳了出来。会场，就在院部的院子；舞台，就在两三米宽的台阶上。全院师生，或坐在院子当中，或散在门墩上、缸沿上、蒲团上、门槛上。节目，有预先约定的，也有临时推举的，全属小型、随意、纯然的"自我表现"。也正是由于这一点，才更见出那非凡的才气和学问。比方朱子奇（当时院部秘书），人们只知道他新诗写得好，是个优秀的俄文翻译，谁知他抱着手风琴拉起《快乐的风》来，那股神采飞扬、潇洒飘逸的风采，是很醉人的，尤其兴致高昂的时候，他竟情不自禁地随着节奏旋转舞蹈起来，似乎飘飘然进入仙境去了。后来，文学系有位"黑宝石眼睛"的姑娘爱上了他，我总以为与这曲《快乐的风》颇有关系。

有一次，贺敬之突然被欢迎唱支歌，他抄着手在台阶上慢慢站了起来。那时他还没有恋爱结婚，在腼腆神情中带点顽皮，因此，大家也喜欢挑逗他。这次他知道逃不脱，便十分温和地笑笑，唱了四句陕北信天游。怎么说呢，他唱得实在是好，我以后再也没听过那么地道、那么土味十足的"西北风"了。他把先细后粗、凤头豹尾式的拖腔，唱得雄浑醇厚、旷远悠长，韵味真到家了。只从这点看，便知当时人们在向民间艺术的学习上下过多大功夫。

音乐家边军，是联大文工团音乐队长，在才具和经验上都有丰厚的蕴藏，他出的节目是自编自纂的"大鼓"。他把堂鼓架在倒置的杌凳上，一手持槌，一手拿个碟子，就自敲自打地演唱起来。他唱完了，人们疯狂地鼓掌，喊"再来一个！"可他抱起鼓说："没有了。"弓着腰，管自钻回屋子里去。

郭兰英的山西梆子清唱，王昆的"眉鄠"，全是当时的热门，凡晚会都少不了的。她俩的韵味情致，简略的文字很难表达，读者只能从后来的《妇女自由歌》及《翻身道情》中去体味了。这儿提到她们，只是略表盛况之一斑而已。

经常为郭兰英和王昆板胡伴奏的是张鲁，此人是个活跃分子。他当时是音乐系教员，已有很多音乐作品，却喜欢到处唱歌演戏，在各村吹歌会里乱钻。他还是文艺学院篮球队的主力，文学系同学曾十分卖劲地当过他的啦啦队："张鲁张鲁，像只猛虎！"专意为他助威打气。他的节目多是板胡独奏，或唱《有吃有穿》。可奏唱完了，人们照例要喊"再来一个！"有一次，非指名要他唱《张连卖布》不可。这是首极有特色的陕北老民歌，歌词大概还有点儿"粉"。他挠挠头皮说，二三年不唱，记不得词儿了。人们说"半截也可以"，他没有办法，便格外申明，"凡忘了词儿的地方，我就用'三加三'来代替。"他果然唱了不少"三加三"，逗得人们乐不可支。

孙犁在一篇文章中说，人人都有自己的"极致"，只看在何时表现罢了。人之一生，焕发异彩的时刻不会太多的，我们看人写字画画常有体会，最用劲、最刻意求成的时候，未必出得上乘之作，倒是心神轻松宽畅时的偶然率意所为，反出现神来之笔，这就是"极致"了。

我看过联大文工团不少正规演出，那大多是很成功的，然而，能在晚会上看到这许多"极致"，才是我真正的"眼福"啊。

五、东鳞西爪话教师

我做了八个月插班生，便在文学系毕业了。论起收获来，也许正是这些耳濡目染的方方面面，给了我更为深刻的熏陶和影响。当然，课堂上的教育，也是绝不能轻视的。战争年代，根据地环境，限制了联大的设备条件和教学手段，但也正由于此，更显示了学校教学水平和作风的非同凡响。

不可能把所有课程和教师都叙述一遍，我只把印象深刻的几件事，略加描述，就算"以偏概全"吧。

陈企霞是文学系主任，他相貌瘦削，为人严肃，平时很难接近。可我日后的命运，有很长一段时间与他纠缠在一起，大倒其霉。可在当时，文学系同学是普遍尊敬并喜欢他的。他虽则严肃板正，却学识渊博，性情耿直，具有诗人气质：爱红脸，爱发脾气，也爱开怀大笑，在我们"前线"演"抓俘虏"那个晚会上，坐在前排，笑声冒得最高最响的就是他。他的课是"作品分析"，往往先选出一篇小说，油印后发下来，大家阅过便在小组里展开讨论，然后课代表把情况向他汇报，他再在课堂上作结论性分析讲解。这么做的好处是：很实际，针对性强，讲师与学生间可以短距离"交锋"，解决问题直接、便当。而他的结论，常是服人而精当的。有一次，他发下一篇孔厥的《苦人儿》，小说用第一人称叙述一个女人的经历，结构顺畅而自然。可有的同学在讨论时说："这算什么小说？一个人的诉苦记录罢了。"陈企霞在课堂上（一家农民院子里）先把小说的长处特点分析了，然后质问："有人说这不过是诉苦记录，你来做一篇这样的记录给我看看！"说时面孔板得铁冷，弄得那位同学很不好意思。

就我个人说，最觉得益的算来是肖殷的"创作方法论"。我是插班生，许多课都赶在"半截腰"上，听得没头没脑。何洛的"文学概论"、欧阳凡海的"现代文学史"、诗人严辰的"民间文学"，都是这样的。我文化基础差，读书也少，常常半天半天地坐着发蒙。肖殷不同，他比我来联大还要晚一点，是从《冀中导报》副刊岗位上调来文学系的。此人性情温和慈爱，天生一副奖掖后进的心肠，他生前的几部著作及主要功业，都突出地表现着他对初学写作者的尽心培育和热情辅导。我从头听了他的"创作方法论"，后来还做了他的课代表，每堂课下来，我都赶忙搜集同学的各种反映，然后连同自己的笔记，一同拿给他看。他总是专注地听意见，记下要点，再仔细改正我记录上的舛误。实在说，我对文学创作能有个基本的概括的理解，确是从他开始的。日后他主编《文艺报》的时候，任广东作协副主席的时候，这份奖掖后进的热衷，是一直保持始终的。奉他为文学园地上的杰出园丁，当不是过誉之词吧。遗憾的是，前几年他病逝广州，我竟未做一小文，以示哀悼，实在对不起老师了。

蔡其矫，那时不正式任课，只对我们的课外活动做辅导，可他慧心独具，别出心裁。有一次，他把《水浒》上的《火烧草料场》一节油印出来，在文中夹上近百个问题，发给同学们阅读，以启发人们对文学认识的深化。另一次活动尤为激动人心：他把某刊上一篇报告文学——题名《英雄牌》的，经过润色升华，演绎成一篇故事。故事讲，一名新到解放区的知识分子，受到战场事迹的激发，拼出真心要求火线入党。他把这故事当作晚会节目讲给同学们听。蔡其矫本是南洋华侨，说汉语相当吃力，加上稍稍有点口吃，讲故事实在说不上内行。但他那天激情燃烧，诗兴混合着奋励的风采，竟收到了摄人魂魄的效果，满场上泪光闪闪，唏嘘有声。

意外收效的证明是在以后，陈企霞曾私下说过，论文章，《英雄牌》写得并不算十分好，但经蔡其矫一演义，居然在文学系掀起了一个要求入党的高潮。对这一点，陈企霞甚至表示了惊讶。赵慧娟对黎白说："文学系没有要求入党的就剩两个人了……"大约就发生在这场故事之后吧？

那时我们也隔三岔五地听听大课。所谓大课，就是全院各系学生聚在一块儿听。这类课，规格总是高些，通常以政治课或文化课居多，如张如心的"毛泽东思想"、俞林的"中国革命史"、于力的"修辞学"，等等。俞林是河间人，本来是位作家，写过很著名的中篇《老赵下乡》，解放初曾编入《人民文艺丛书》出版。他还有很不错的外语修养，在专与国民党谈判的军事调处执行部（我方）工作过。可他讲起革命史来，也非常绚丽多彩。每当听他讲课，我都不期而然地有八个字升上脑际来形容他："口若悬河，滔滔不绝"；一连四个小时，你是绝不会走神儿或打盹儿的。可是，才多了挫折也多，刚刚扒着老年的边，竟也在前年去世了，他不该死这么早。

有一人也在文艺学院讲过大课，当时似是一种略略"出格"的安排，这便是贺敬之。他当时不是什么系的教员，只在文工团工作（不知任何职，大约也是创作组一类吧）。我看见过他参加演出，给张启鸿、王昆等导演过《小姑贤》；也下乡，下部队，参加土改，却在大课中一连给我们讲了两天民歌。那时李季的长诗《王贵与李香香》已经出版，而贺敬之所积民歌财富的主要部分，也是信天游。他讲民歌的艺术表现手段，条分缕析，辟了不少条目，条条都举出很多很确切的例子，绝大部分都采自信天游，自称这是他"兴趣的主要所在"。他讲课颇具幽默感，又长于表演，也没有现在当了大干部那样的负担，讲起来轻松自如，妙趣横生，全场人不是鸦雀无声，便是哄堂大笑，共同沉浸在又活跃又深入的学术氛围之中。而听课的不只是学生，也有各系教职员，有些教师的笔记本，甚至一直不曾离开膝头。过了几天，艾青在给我们讲诗歌时曾顺便提到：贺敬之的两天民歌讲座，确实是很不错的，证明了他在深入生活上下过很大功夫……

以上这些琐屑回忆，都是这次"旧地重游"引发的联想。那时我们年轻气浮，苦嘛，并不甚在意，乐嘛，也过得不太经心。不是这次触发，就大都沉埋在记忆之外了。后来，战争打完了，大家进城了，转眼又过了四十多年的太平生活。可是，认真地咂摸一下过去，我还真想把那段联大经历，再重新过上一遍呢……

昨夜西风凋碧树

春潮带雨

如果讲缘分，那么，我和她的初次相见，就有点特别。时至今日，仍不时在窗前月下、心境清明时闪现出来。

　　那是在 1948 年的塞外，时值金秋，我们兵团正团团围住归绥，战斗时紧时松。一天，我编完一期军报，伸个懒腰，忽地想起战友庄化来。他是我的老乡，大清河上新镇人，抗日期间曾在一个剧社工作过，眼下带个文工团驻在附近。多年不见，一想到他的豪爽热情，两腿便自动迈出屋门来了。

　　塞外的晚秋，风高气爽，万里蓝天，荞麦已黄梢，山草在发白，阳光一照，遍野都金灿灿的，连小河也浮金滚滚地流出一道光华。尽管不时有炮声传来，大川里一直有骡马辎重通过，可那山峦的明净，空气的清新，仍使人十分愉快。

　　我傍着小河，直奔半山腰的小庄子走去。

　　团部就驻在一处宽大宅子里，进了院子，见一堆军人围着两个战士，看他们争吵，这两个战士骑在一条板凳上，打掌抢拳，吵个不停。我驻足细听，争的是谁最有资格参加攻城突击队，他们各有条件，难解难分，但吵到激烈处却忽地"卡壳"了。这时，北墙根里便发来一个响亮的声音，提醒他们下一句该怎么说。——噢，原来在排

　　　　　　　　　　　　　　　　　　　昨夜西风凋碧树

小戏。

这个"提词"的声音，很是响亮动听。我转过眼去，见一名女兵靠坐在北墙上，大敞着军袄，胸前鼓出墨绿色绒衣，拿着剧本的双手，高高架在两膝上，全神贯注，盯着戏场上的每一次"卡壳"。每当眸子一转，那漆黑的眼仁便闪出一道光亮。啊，我生平第一次看见这么黑的眼睛……

历史在当时正飞腾跳跃，我们十万大军也处在天翻地覆的澎湃大潮中。东北战场的辽沈战役已经开始，我们在绥远一时围城，一时远逸，大踏步地进退，都为了策应战局，调动敌人。自然，也常把自己弄得力竭神疲，气喘不迭，些小个人杂念便也随之净化了。以此，那双黑黑的眼睛，也只在夜静山深、战火稀疏之时，偶在眼前一闪而已，大部队洪流滚滚，俊才无数，连这一闪其实也是奢侈的……

可是，历史的车轮转得太快了。我们部队打下张家口，又参加解放北平，在攻克太原不久，即驻防天津，奉命"保卫将来的首都"了。战争似已结束，和平已到面前。

在天津一年，我出版了一本小说，年已二十有五，大城市的生活花红柳绿，春风撩人，心里便渐渐有些骚动。恰在此时，驻防宣化的老李忽然来信，说已代为物色"对象"一名，是他们文工团的，条件如何如何，问是否同意云。信中附来小照一张：在二寸大的方框中，挤着二十多人，其中蹲在前排，斜挎皮带的那个，便是她。

我把这个高粱粒大小的面孔放在手心，仔细端详，竟不觉眼前一亮，这不就是那个黑眼睛吗？啊，由绥远转战到察哈尔、北平，以至太原，她还活着！别来无恙乎？

立即给李科长回信，请安排我们见面。

然而很隔了一程子不见回音，快要灰心了，才接老李来信，说她们文工团已借调北京，要见面，须进京找庄化商量。可喜的是，我恰好接到命令，派我进京去一家学院学习，真是巧得很。

北京当年，正是共和国的黄金季节，开国大典即届周年，街上人家无不欣快欢愉，一派喜兴。我一见庄化，他便说："正好，她现在解放军战绩展览会上担任解说，展览会就在故宫五凤楼，进门第一展厅就是她，你相相去呗？保准一相就算成了！"

次日九点，我来到了午门。啊，红墙黄瓦，殿宇巍峨，我被它的庄严和尊崇逼住了，脚步立时放慢下来。北平和平解放的第三天，我曾来此参观过，那时身披羊皮军大衣，头戴双耳皮帽，甩着大头皮靴，野气十足、意气洋洋。这会儿，为什么忽地踟蹰起来，甚至有点忸怩，就为是刻意来看她的吗？

但是，汹涌的人流帮了我的忙，人们拥挤着通过其厚无比的午门门洞，向右拐，爬上砖砌台阶，终于进入东厢大殿，而临门第一厅，正是人墙重重，万头攒动，在人群核心，果然有一顶大檐军帽浮出来，帽下是一缕缕纷披的长发。我踮起脚跟，不错，正是那张脸。两年不见，已略略显胖，而声音依然清亮。可惜，她一直用小木棍指着墙上的图表解说，竟没有让我看好眼睛……

这个展览会规模很大，五凤楼的五座大殿全部占满了。三年战争，消灭了蒋介石大军八百万，在新解放的城市人民看来尤为惊心动魄。观众中人声喧闹，情绪振奋。我卷在人潮中回旋转侧，直到挤下楼来，才想到应该回望一眼。是的，五凤楼更加雄伟了，连那琉璃瓦垄中的细草，也像每茎叶尖上都挑个太阳，真正是光华万丈……

此后的发展是很快速的：我们在庄化家中见面、握手、认识，每隔三两天，便有一次接触，电话也往来频繁，双方都沉入一种新奇而神秘的感觉中。

我在学院里开始学习，平静而幸福。倘晚上不加班开会，我和她便可在大街上自在漫游，一点不担心这样的日子会被打断。但是，突然传来志愿军渡江的消息，报纸上立即大锣大鼓，一片沸腾。第一次战役的捷报，尤为振奋人心。刚刚站起而觉醒的人民，其同仇敌忾抵御外侮的狂潮，有如滔天波浪，一下便压倒了各种私情和人欲。报告会、动员会，奔赴前线的签名，捐献飞机大炮，处处热火朝天。

战绩展览会迅速结束了。她的文工团匆匆开回宣化，归还了建制。又不久，他们部队移防天津，亮起了即将出征的信号。

铁甲冰河，炮声隆隆，归绥城下的炮火，径直流往鸭绿江那边去了……

她曾告诉过我：在塞外冬日的行军中，蹚过不少冰河。那冰水直扎入骨，上岸叫风一吹，一边走一边往下掉冰碴儿。她腰疼过好几个月，在吃的偏方中有蝎子和蜈蚣……

但是，他们没有立即开走，反而把热闹的春节熬来了。我请假回乡探亲，就特意挤出一夜时间，绕道天津去看她。我半夜赶到，她正在东局子的大仓库里演出。到她卸装，已是半夜。她听说我还要在早晨赶大清河船，很意外地愣一愣，就忙忙借来一辆自行车，推着，催我上街了。

大街上寒风萧萧，一派空旷，只有一盏又一盏路灯伴着我们。车链子"嗒嗒"作响，四只脚轻轻地擦着地面，我们心里都知道，前面是一场战争，它枪林弹雨，血肉横飞，已越来越近了。灯影下的脸很模糊，有时互相一望，知道对方在笑。笑一笑，再看，仍然是笑。于是我向她提到：我的老人来信问，年纪不小了，老蒋也打跑了，什么时候结婚呀？她听着，又笑，走出五十步光景之后，才说："替我向老人拜个年儿吧。"

谁知这次分别之后的半个月，她又来信，词句颇为慌张，一定要我去看她。其时，她又移驻天津郊外一个小车站附近。我又是天黑才赶到。但由于有任务在身，我们只有一个小时的谈话时间，匆匆中她把两本笔记和五尺紫色棉布交给我。笔记已经写满，她不必再带走它了；棉布呢，她原想做棉褥护腰的，现在要我拿去改做内衣穿，她说："以后我用不着护腰了。"

匆匆过了一小时，她送我走上通往车站的大堤。没有月光，远近有清雾笼罩，车站上的灯火在天涯边上闪烁，使她脚下更为慌忙，一闯一闯走在前面，十分快速。我在后面追着，忽想及这不是女的送男的上战场，倒是男的送女的上战场，不由得脚下发沉，便劝她步子放慢些，时间还来得及的。可她说："我得锻炼行军了，听说，朝鲜的山又大又高呢……"

就这样，她走了，完全军人式地走了。

很久很久，一直没有消息，没有口信儿，也没有书信。报纸上的朝鲜，战火纷飞，鸭绿江桥时断时通……我脑子里总反复着车站握别时的那两句话：

我说："你多多保重。"

她说："你好好学习。"

可是，一个月、两个月又过去了，一如石沉大海，音信皆无。"正当梨花开遍了天涯，河上飘着柔曼的轻纱……"同学们欢笑的歌声，只增加着我的落寞。怎么回事？真的只是一场罗曼蒂克的梦吗？一日，乱翻唐诗，突见"可怜无定河边骨，犹是春闺梦里人"两句，心上猛地一翻，浑身都颤抖了起来。我那"貂锦"，莫非确已葬身"胡尘"了？

然而，没有，信在三个月后发来了。她说，身体很好，一切平安，只"偶尔"有些想家。就这些，不但没有别的，也不要求回信。但确是她的手书，证明她实在还活着。

阳光又恢复了它的灿烂，每隔二三十天，信就来了，有时还夹带一两片朝鲜的红叶，叶上充满了温馨的山野气息，还有露珠干在上面的痕迹。

1951年底，我突然碰着个访问苏联的机会，这当然是一次难得的幸运。多少烈士在闭眼之前都曾憧憬过莫斯科的宝石红星，而不得一瞻风采，我辈小子有何德能，竟能厕身如此盛事？行前，每人领到十余枚毛主席像章：在纽扣大小的铜片上，一张侧面浮雕，很得人喜爱。但若与后来的"文革"时期相比，当然简陋得不成样子。而在当时，大家是真心宝贵的。一个多月后，回到北京，我立即把节省下来的一枚邮往朝鲜，这样，真情和荣光便都寄托进去了。

转过年来，朝鲜战事不再大进大退，而是胶着在"三八线"上，有长久打下去的趋势。我有点忍不住了，从理性一面说，战争是全新的，敌人是全新的，我既然写部队，写战争，怎么可以不去看看我们的战士是怎样战斗的呢？而在感情方面呢，使我为难的是，同学们将怎样看，怎么说？若说我是专为去寻找战地之花，岂不难堪？其时，天津的著名相声演员"小蘑菇"，已经牺牲在朝鲜了，全国人民的悼念之情十分沉痛，那么，我也就无须多虑了。

可万万没有想到，当我千山万水，夜夜奔波，赶到朝鲜东线的兵团政治部时，迎接我的却是一个令人发傻的消息：他们文工团刚刚挨了一颗大炮弹，上百的人炸飞了，而她，据说还活着，是不是受了伤，还不曾查清哩……

我勉强镇定自己，希望这只是个玩笑。兵团又给我派了吉普车，当夜，穿山越岭，急惶惶奔到傍明，来到军部，情况进一步证实：一颗二十四榴炮弹，恰落在她们舞台上，文工团小分队的二十一名演员，只剩七个完整。

她呢？

还好，"当战士们鼓着掌喊'再来一个'的时候，队长让她再出个节目，她钻回猫耳洞去拿鼓，刚一猫腰，轰的一声被震倒了。钻出洞来一看，已是遍地尸体，小河都成了红的……"

这是一场残酷的屠杀。原因则是麻痹大意。一个加强连原是要去夜袭敌人的，文工团小分队闻风赶来，给他们作慰问和鼓动演出。天尚未黑，而"舞台"就选在靠近前线的山根里。战士们浑身挂满手雷，一层层地坐在山坡上，大家快快活活，笑哈哈地看戏，却完全忽略了天上敌人的炮兵校正机。这种飞机，平时从不俯冲投弹，只哼哼着慢慢转悠，战士们一向笑谑地叫它"老病号"。然而，就是它，从战线对面引来了二十四榴弹炮，造成这场惨剧。

日月好像全翻个儿了，空气一片凝重。在朝鲜，白天一切蛰伏，连哨兵也不游动；只有进入夜晚，人们才活动起来。我被安置在一座孤立的掩蔽部中，一直在潮湿的石板上挨到傍晚，才见有两个人远远朝洞口走来：前面的是宣传干事，后面的她，裹一件军大衣，甩着长大的袖子，长发纷乱地在风中飘着。远远见了我，她轻轻一笑，有点羞涩，近一年的分别，战地相逢，忽地生分起来了。

我赶上去握手，一时间没有话说。她神情有些疲倦，藏着忧郁，却哪儿也没有伤着，很完整。

宣传干事完成任务，旋即辞去。我们便在溪边树下漫步。夜色渐深，山坳幽邃，明月从松针间照下来，水流在石头上"叮咚"作响，尽管天空有敌机啸叫，山外有隆隆炮声，我们周围只有清风，只有鸟鸣，只有令人身心安舒的寂静。炮弹碎片的阴影可以赶走了，我们喁喁细语。

"这一回算得是死里逃生，怕不怕啊？"我问。

她先是点点头，却又说："可我知道，我不会死。"

"为什么？"

她敞开大衣，露出胸前那枚像章来："我有它呀……"

"啊！"我叫了一声。被一种神圣的庄严感堵住，她是那么的迷信和愚盲，又是那么的意识分明而坚定，两者加起来，显出何等可爱的天真啊！

于是她谈她的战友，一个个数下去：她的队长，一个精明的小伙子，正站在台口上报告下一个节目，炮就响了，连尸体也没有找见；另一演员正在换服装，边换边帮着小提琴手调弦，就么调着弦去了；还有整理道具的、重搽油彩的……她特别提到一个小女孩，只有十七岁，姓杨，外号"小老虎"，从炮弹坑里爬出来之后，完完整整，却只喊眼疼，过了两天，医生才把她送回祖国，一颗眼球被摘除了……

近半夜，漫步得久了，我们便坐在小径旁的草窝里，继续并肩倾诉。这时，刚失去一批战友的戏剧队长老白找了来，见我们坐在石块上，月光溶溶，毫无倦意，便问我们"冷不冷"，我们答"不冷"，他却脱下大衣，捂在我俩身上，两边都裹住，又把我们的头往一堆碰了碰，说声"好，谈吧"，就走开了。

又过三天，我下了团，在"三八线"上的坑道中，一下住了七个月。她没有机会来这个团，只维持着通信往来。我回国时，已是深冬。走时，军部有一大堆朋友相送，她不好意思靠前，便站在人圈外的一块卧牛石上，远远地朝这边张望。直到大卡车"嗡"的一声开动，她才举起手来，朝我招了一招……

她，就是我后来相濡以沫、相守至今的妻子。

1992 年 5 月，我因公到了北京，一时闲暇，忽然就遛弯儿到午门。啊，红墙崇殿，金顶生辉，瓦垄中跳出的光芒，更像是一颗颗太阳，益发地光华万丈。门前广场上，熙熙攘攘，净是排队买票的游客，其中多半是金发碧眼的国际友人。然而，面阔九间的五凤楼却深锁紧闭，壮丽而悠然地向我睒眼微笑。是的，时代已走过了四十年，战绩展览会没有了，也没有了漫天红旗和沸腾的人流，连满胸净是像章的"红卫兵"也没有了。风流似乎总被雨打风吹去，独留一片春潮带雨、野渡无人的幽静在我心上。然而，我不悲伤，我们毕竟赶上过那叱咤风云、天翻地覆的巨变，我们豪迈、奋发过，也纯净、天真过，无论它去我如何悠长而辽远，那毕竟是鼓舞我们前进的源泉，是极其辉煌的岁月，我参与了，我看见了，这就足够了……

昨夜西风凋碧树

——忆一段头朝下脚朝上的历史

我自小喜听故事，十三岁当了小八路，此习不改。后来受多了火线英雄的感动，也练着写故事、编故事，于是成了作家。从作家再发展，便很自然地成了右派。

　　说"很自然地成了"，即指"命中注定"，故事之成为故事，都出在必然性和偶然性的交叉路口上，生编硬造是凑合不来的。

　　因不想让读者太痛苦，也为减轻我的痛苦，顺手取了讲故事的方法。这样可以大家轻松一点。当然，也难免忽地"激昂"一下，或跑跑"野马"，原则是不离开大题，而事实则保证字字真确。

一、祸　源

　　如果不是傅作义一个偷袭，夺去了张家口，则当时解放区华北联合大学的师生，也就不必急惶惶地千里行军，逃到我们军分区来了。那么，下面的事情也就无由发生。然而他们逃来了，且驻在我们分区附近——距辛集不远的一片乡村。我那时在分区前线剧社当创作组副组长。由于写过几十篇抗日报道和故事，很方便地得个机会进了文学系，插班(人家已上过一年多课了)学习。陈企霞就是系主任，一下成了我的老师。这是 1947 年的事，我二十二岁，正当上进心特强之时。于是专心听讲，拼命读书，八个月毕业后，竟因学习成绩优秀而立了一功和一小功（那时立功分三级：大功、功、小功），是文学系的最大功臣。这给老师们留下了深刻印象，也给自己展现了一片光明，可也开启了我的祸端。

建国之后的 1950 年，丁玲奉命创办中央文学研究所（后改讲习所）。我当时刚出版了长篇小说《平原烈火》，由于写的是共产党打日本，党的声望正高，小说颇有点影响。丁玲必是也看过这本书，所以一经我申请入读，所里就表示欢迎。还在开学之前的两个月，我就脱下军装，搬进了鼓楼东大街 103 号，兴头十足地跑进跑出，为所里帮办杂务。所长丁玲尚未露面，就急切地盼她快来上任，以一睹这党员大作家的风采。那时，不管什么，凡是党的，都感觉着崇高可贵——谁知在这快快乐乐中，又种下了第二桩祸根。

1953 年，我刚从文研所毕业，便下了乡。一则，那时党的过渡时期总路线说，农业合作化是建设社会主义的"必由之路"，作为一名党员和军人，理当在这条路上冲在前头；其二，丁玲曾劝诫我，"要忘掉自己是一个作家"，踏踏实实到生活中去锻炼，"一时写不出并不可怕，可怕的是永远写不好"。于是我带着军职，跑到故乡大清河北的雄县，做了三区区委副书记，分工专管互助组和合作社。这个"猛子"一扎就是三年，日日与农民"三同"，付出了很大辛苦，以至于我第一个孩子出生，也没有顾上去看。

在这三年的最后一年，文艺界出了一桩大事，忽地打出个"丁、陈反党小集团"来，我的两个老师——丁玲和陈企霞，一下子全成了"反党分子"。我是回京取薪金才听到这个消息的，脑海里像打个炸雷。怎么，他们都是老地下党员了，我穿开裆裤的时候他们就在革命，又都在圣地延安"浸泡"多年，从他们的文章看，又都是党的事业、党的威望的铁杆维护者，平时接触中，并没有听到过他们一句哪怕是很小的牢骚，怎么？怎么？……

我还没有"怎么"清楚，单位通知去参加中宣部召开的党员大会，并指定我在会上发言。可我连丁、陈犯的是哪几条罪，都未听到正式传达呢。然而，言是必须发的。我十三岁入的党，那时已有十七年党龄，自幼听党的话听惯了，党向来没错儿，既然说他们反党，那必是反了。我也是他们的"得意门生"，先肃"流毒"也是理所当然的。

中宣部的党员大会有几百人参加，当然是批判丁、陈。印象至今仍然深刻的是部长陆定一的讲话，他说，文艺界什么都"嘻嘻哈哈"，政治上吊儿郎当，出了多大事，也不知道严肃。他的尖锐措辞和疾言厉色，使我身上直冒冷汗，深愧自己的迟钝和麻木。在几个声讨之后，我被点名上台——真抱歉，不是有意掩饰，我确乎记不起当时说些什么了，总之，是抓住"一本书主义"这个词儿，没头没脑地骂了一通了事。

故事有波澜起伏才好看，仅仅隔了一年，1956年，我结束下乡生活，回到北京，写关于合作化的长篇。人也由华北军区调到总政文化部创作室来了，和胡可、杜烽一同住在前门外西河沿大耳胡同15号。其时已有风传，说丁玲、陈企霞不服反党之说，正向中央告状。

我这个人较孤僻，生活面很窄，不是党组织发的话，也不认真听，只伏案搞我的创作。在夏季的某一天，侯金镜来我们小院串门儿。他原是老抗敌剧社的，曾任华北军区文化部副部长兼文艺科长，是我们的老上级，现正做张光年的副手——《文艺报》副主编，消息自是灵通。我们又知道，侯金镜一向很敬业，有思想，作风严肃，从不信口开河的。果然，他坐下不久便说：现在有件事搞"被动"了，中央已经批下来，要求"重审""丁、陈反党集团"。作协党组整天在忙这件事，很紧张。随后，他又亮了两个观点：其一，党内斗争是不宜使用压力的，因为后果常常弄得很糟糕；其二，"还是时间解决问题"。

这段民间闲话，触发了我的一些思想活动：第一，丁、陈真的"告状"了，而且现在要"重审"；第二，党内斗争不宜使用压力，很对。可这句话听来新鲜别致，也许不是侯金镜的发明，会不会是更高层人物的话？由此想到自己经历过的"运动"——"三反""五反""肃反"等，无不使用过压力，以致每次"运动"后期，都须特别挂个"复查""甄别"阶段，以便把打错的"洗"出来。一个人忽被打错，当然很痛苦。但痛苦而能洗清，究竟比冤到底强得多。于是想，丁、陈果真被错打，岂非已有出头之日了吗？谁知这一想不要紧，从心理上又种下一桩祸根了。

二、自然陷坑

干脆就把"丁、陈反党集团"定成铁案，别搞什么"重审"，其实倒是件大功德，至少可挽救相当一批人，也省了把很多人牵进来共演一台翻滚大戏。可是，故事的必然性是通过偶然性推进展现的，这才使人眼花缭乱，生动有趣。

我隔在军队创作室的小小一隅，本与以丁、陈为中心的大舞台不相干的。尽管"重审"之风强劲，连周扬也承认1955年"斗争过火"了。可我们创作室没有谁对此热心，大耳胡同15号三个人，都在埋头于自己的创作：胡可正围着《戎冠秀》酝酿构思，杜烽在忙于为剧本《英雄万岁》煞尾，我呢，沉在农业合作化的故事中大绞脑汁。搞创作的人经常挨的批评是"不问政治"，大家都想集中精力把作品写好，谁也不愿惹是生非。

正所谓"树欲静而风不止"，阶级斗争还是来敲门了。头一桩，联大同学李兴华（就是韦君宜对之深感愧疚的那个李兴华，时任《文艺学习》编辑）打来电话说，陈企霞被关一年多，新近放了出来，因扣发工资，家属无措，搞得十分狼狈，快下雪了，连件过冬的衣服都没有。你是联大同学中出过书的，能不能把稿费分一点出来，给老师解决件大衣？我想，恩师有难，同学高义，自己确有稿酬，给件大衣又扯不上是政治问题，干吗推呢？便问需要多少。答曰二三百吧。我让他派个人来，取走了三百元人民币。

刚进入小说，又来了其二，还是为钱。这回是联大女同学，在文学系时是我的学习小组长，为我一向崇敬的。她进门就说，陈企霞苦死了，简直家翻宅乱，鬼哭狼嚎，已到了过完今日不知明日的光景，要我立即"周济"几百元。这次，我犯了一点嘀咕。我是个俭啬人物，对自己也很苛苦，刚出了三百元，怎的这么快就"苦死了"？而终竟使我担心的，还是怕"翻案不成"，被扯进什么"集团"里去，过去的"运动"已有过不少实例，于是便犹豫说：钱呢，可以给，但须向我的支部汇报一下，看看组织的态度，以免将来发生什么变化，大家说不清楚。

这个女同学一听就变脸了，很愤慨地责我"忘恩负义"，颇说了一些难听的话。我很尴尬，仿佛真的"忘恩"了。但她还是给我找了个台阶下，变通说："这样吧，你把钱借给我，与陈企霞无关！我总没有反党吧？你也用不着去支部汇报了。"

巧的是我刚刚得到一笔稿酬，四百元，还未及存入银行。她拉开抽屉，一把全抓走了，出门时还特别叮嘱我："不要告诉任何人，陈企霞你是知道的，若知道钱是同学给的，他会退回来。"我向来做人可靠，点头保证。

这两笔钱，后来都判了"资敌"的罪名。什么是"资敌"？现在的年轻人已很生疏了。当年在抗日根据地里，谁若把根据地出产的棉花、粮食等贵重物资弄到敌区去卖，一旦抓获，往往判为奸商，要枪毙的，罪名便是"资敌"。

真正决定我命运的是 1956 年年底。创作室文书夏信荣亲自登门，送给我一个大信封。信封上盖着十分显眼的"绝密"大红戳，背后粘着三联单式收条，收条号码是"1266"，打的日期是"1956 年 12 月 1日"，小夏让我在三联单上签字，然后撕下两条，留下一条，走了。

我回到屋中，小心地打开信封，里面是中国作家协会党组给我的信，字迹很清秀，像是女同志所写。信末盖有"中国作家协会""代"字章，还附着打印好的文件，都是丁玲写的：一、《我的检讨》；二、《给中宣部党委的信·重大事实的辩正》；三、《辩正材料的补充》。总计约有三万字。

我必须把党组这封信抄在下面，虽说破坏了讲故事的风格，为真确计，也顾不得了——

徐光耀同志：

去年作协党组扩大会议所揭发的关于丁玲、陈企霞等进行反党小集团活动的问题及事实，经中宣部党委指示，目前正进行调查对证。关于丁玲同志的历史问题，现已审查清楚，除她过去所交代的问题外，没有发现新的问题。现有几个有关丁玲同志的问题，请你协助提供材料，问题如下：

（一）有人说，过去文研所学员中曾流传着文研所是丁玲创办的说法。对这一问题，你是否能提供出具体情况，如系何人说，何人传，你和其他学员对这结果是如何理解的？说文研所是丁玲创办的，这是否就是说在学员心目中，只知有丁玲，不知有党？据你了解，丁玲在学员中的影响如何？你和其他学员当时对她的看法怎样？

（二）有人说丁玲散布过"一本书主义"，提倡骄傲等资产阶级个人主义的思想，你是否听到过？你和你所熟悉的学员及其他同志是否受过这种思想的影响？你对此问题的看法如何？又，丁玲曾在某个会上提出你的《平原烈火》比《日日夜夜》只低一点，她是在哪个会上谈的？在什么情况下怎么说的？她是否在鼓励你的骄傲情绪？对你有何影响？此外，有人说，丁玲从苏联回来后曾对你说人要写出一个作品来才行，她的意思是否向你宣传"一本书主义"？她当时怎样谈的？你当时的理解和现在的看法如何？

（三）有人说，丁玲在文研所宣传和培养个人崇拜，张凤珠也在学员中散布了一些助长个人崇拜及有碍团结的言论，你是否知道这些情况？请提供详细材料。

（四）有人说，文研所在丁玲的把持下，不要党的领导，党和革命的空气进不去，你是否也有此感觉？能否提供具体事实？你的看法怎样？

（五）中宣部讨论停办文研所时，据你所知文研所派了哪两个学员列席了中宣部的会议？由谁派的？如何布置的？关于这一问题，在当时学员中有些什么反响？你是否听丁玲同志在学员中散布过不满中宣部的言论？

（六）据你了解，丁玲在学员中的影响如何？丁玲曾给你一些什么不好的影响？你对丁、陈反党小集团这一问题的看法如何？

附上丁玲同志的辩正材料及检讨各一份，请你看后提出具体意见或看法。

上述问题，务请于 12 月 7 日前以书面材料交给我们为感。

作协党组（盖章）

11 月 30 日

看完信，首先涌上头脑的有三条：一、作协党组以"绝密"方式向一个党员调查材料，说明事关重大，未可等闲对待；二、信上屡称"丁玲同志"，且说历史问题没新发现，看来"反党"定性或许有变；三、问题提得十分具体，说明"查对"得认真而且仔细，很像要实事求是。于是心上欢喜，以为老八路作风又回来了，党毕竟伟大、英明、正确啊！

从信中的问题反观，丁玲之被打成"反党小集团"，罪行大体是这些：把持文研所，不要党的领导，学员只知有丁玲，不知有党；宣扬"一本书主义"，提倡骄傲；培养个人崇拜，散布对中宣部不满的言论，等等。问题都与文研所紧密相关，是否还有其他，可就不知道了。这是谁"发现"和"揭发"了这些罪状的呢？我怎么就不觉得？——咳，管他！还是写回信要紧。

由于来信严肃认真，我也给自己定个规矩：一定要用党性顶住心上的欢喜，只当丁玲仍是反党小集团头目，所述事实，必须客观公正，不偏不倚，严防把偏私情绪带进去。决心既下，立马停了长篇，查日记，翻笔记，忆交往，对事实，两天准备，一天起草，快速把复信写成。自己读了两遍，犹恐不够完备，便悄悄拿给住在北屋的党小组长胡可，请他挑挑纰漏。胡可一向谨慎正派，活泼温文，很容易亲近。他读完，说"看不出有什么不妥"，却又握住双拳做个对撞手势，"只是还缺点儿这个"。我理解他的意思，是嫌不够有力和尖锐，应

昨夜西风凋碧树

该更带劲些才好。回到我屋，便又在信末的"意见"部分加了个第五条——胡可若看到这里，或许会苦笑吧？他怎能想到，那个挺俏皮的对撞手势，竟是在给我的"反党"加油呢。

第二天，誊正抄清，恭谨封严，派一个共产党员直送作协党组，嘱他也要取收条回来。

在此，我对读者提个小小的请求，求你无妨带着"鸡蛋里挑骨头"的精神，从中找一找"反党"成分或因素。如此，则益莫大焉。下面便是这封回信——

作家协会党组：

我本月8号晚上才收到你们的来信，所以这份材料没有办法在7号以前送给你们了。

接信后，我用了两天的时间翻查了我从1950—1953年的全部日记，也翻读了我在文研所时的听课记录，联系它们，又把我和丁玲的接触作了一番回忆。现在，我便根据这些来回答你们的问题。

（一）关于"过去文研所学员中曾流传着'文研所是丁玲创办的'说法"问题。

1. 有过这样一个事实，1950年9月30日，我初由天津来北京，遇到陈淼同志，他告诉我文研所的创办原由，大意说：（1）解放不久，毛主席找了丁玲去谈话，问她是愿意做官呢，还是愿意继续当一个作家。丁回答说"愿意为培养新的文艺青年尽些力量"。毛主席听了连说"很好，很好"，很鼓励了她一番。所以，丁玲对这次文研所的创办，是有很大的决心和热情的。(2)文研所的创办，与苏联友人的重视也有关系。苏联的一位青年作家(可能即龚察尔，记不大清了)，一到北京便找文学学校，听说没有，表示很失望。(3)少奇同志去苏联时，斯大林曾问过他，中国有没有培养诗人的学校？以上两项，也对文研所的创办，起了促进作用。

这就是我听到的关于文研所创办的传说，以后，我再没有机会听到谈这个问题了。

我当时的看法是：文研所是党办的，这没有疑问(当时也流传这样的说法："文研所是文艺党校。")。丁玲在里面起了很大的甚至是主要的作用，也觉得没有疑问，因为是党委托了她来办文研所。文研所的创办，体现了党对青年写作者的关怀，这关怀又具体表现在丁玲对这事的热情和积极性上。

2. 以我看来，说当时学员们"心目中，只知有丁玲，不知有党"，完全不合乎事实。第一，丁玲在学员中确实有很高威望，这威望的形成有很多原因，原因之一，便是她是党员作家，而一部分人由于她是党员而寄予很大信任，是很自然的事情。第二，文研所的日常工作，很多具体领导，丁玲插手并不多，大部分是田间、康濯等同志直接做的。支部的活动从头到尾一直没有停止过，很多次思想斗争、政治运动，以至最后的整党，都是支部直接领导的，这些工作都进行得相当成功。第三，党员对文研所的指责和意见，也大都是经过支部提上去的，党的活动经常影响着学员们的学习、生活和思想。怎么能说不知有党呢？就我知道的，学员中一半以上是党员，且大部分党龄很长，说这些人"不知有党"，也太把我们的觉悟水平低估了。第四，文研所的教学方针、计划、人员组成等重大事项，我们都听说过是经中宣部讨论研究后批准的。不曾感到过丁玲想把党的影响掩盖起来。

3. 至于丁玲在学员中的影响，我认为是很大的，她差不多获得了普遍的爱戴。人们对她的印象主要是，她很了解创作，很能知道人，对青年很热情，也很关心。而且，她还给我以热爱党和热爱新社会的印象。她曾多次为解放区文艺——工农兵文艺做过辩护，特别在它们遭到攻击的时候。

（二）关于"一本书主义"和提倡骄傲等问题。

1. 据我所知，丁玲是再三再四反对过骄傲的。开学之初，她就批评过一些学员们看不起五四以来新文学的倾向。后来，又有人看不起解放区的作品，不看新出版的文章，她都联系着骄傲，进行过批评。在文研所末期，她曾两次严厉批评过我的骄傲，这是曾造成我在一个时期内怕看见她的原因。所以，反对骄傲，提倡虚心学习，是她给我的突出的印象之一。这一点，恐怕文研所的学员都可以作证的。

2. "一本书主义"这个词戴在丁玲头上，我现在认为是不妥当的。她说过恍惚可以这样联系的一类的话，如她说：写一本书出来，应该让读者读了有所收获，长久不忘，要有作者自己的心血、自己的发现在里面，要有站得起来的人物，等等。我以为她是在提倡注意质量，反对粗制滥造。这话至今看来，也没有什么错。

至于来信中提到的她向我说过"要写出一本作品来才行"的话，可能指的是这件事实：丁玲和曹禺预备去苏联参加对果戈理的纪念，在动身的前一天，即1952年2月26日，丁玲叫了我去帮她买些礼品，在她家里，对我说过这样一段话："一个人出国，出风头，并不是什么大荣耀，那是赶对劲儿，人家让你去的。其实，作家出国，只有几个作家注意；学生出国，也只有几个学生注意，别人是并不注意的。所以说，真正的为人民所景仰，永远记在心上，还是得有几本作品留给人民，留给后人。"这段话是我自苏联回来三个月时对我说的，我以为她是在暗示我，出国也没什么了不起，不值得骄傲。

3. 也有过这样一件事实：1950年11月9号，文研所开全体会，宣布1951年第一季的学习计划，丁玲在会上的确讲过这样一段话："我们总觉得中国作品太少，但真的少吗？文艺杂志有几十种，没有人能全部看得过来。然而，没有像这样的作品，像我们读了《水浒》，就想去跟人说李逵怎样，武松怎样；看了《红楼梦》，大家就吵架，你爱黛玉了，我爱湘云了。可看了我们的作品呢，常常说，生活丰富，语言很好，但不久，便忘记了。前几天我在中国人民大学讲演，吹牛说：《平原烈火》比起《日日夜夜》来只差了一点点，那就是人物，周铁汉还有点概念化。我们

昨夜西风凋碧树

说作品少，主要是人物概念。然而，我们每人都想出几本好书，可是这是不能着急的，你们都还十分年轻，哪有这样快呢？……"如果把"《平原烈火》比《日日夜夜》只差了一点点"这句话单摘出来，是有问题的，但上下联系起来看，说她是在鼓励我骄傲，便显得牵强了，而就在这同一次讲话里，她就说过："我们是个长途竞赛，我们才从起点上跑起，以后的路子还长，有成就的就不能骄傲，大家也不要害怕他，应该有什么就说什么。书出来了，是人民的，不是你的。人民是应该批评也能够批评的，不让人家批评，就是守财奴，那你当打字员去好了……"

以上便是她说的话的真相。它是有可能被误解的。我在中宣部召开的党员大会上的发言，也曾指责过"一本书主义"，然而那是在一种空气、一种压力下未经认真思考说出来的，它只是说明了我思想上的一种错误，我为那样的话感到惭愧。

（三）我没有觉得丁玲在文研所中宣传和培养过个人崇拜。我是对她崇拜过的，但我觉得这并非由于她的培养，问题是在我自己。还应该说一句，我曾崇拜过很多人，连长、团长、兵团司令，一直到我们党的很多领袖，我都崇拜过，但同样不能说是他们培养了我的个人崇拜。

张凤珠散布了些什么，我不知道，我和她没有接触过。

（四）文研所"在丁玲把持下，不要党的领导，党和革命的空气进不去"的感觉，我是没有的。康濯、田间和其他很多同志都做了很多工作，那时，我倒觉得丁玲对文研所干涉得太少，我倒是常常盼望她多到所内做些工作的。当然，如果康、田等人都给丁玲把持住了，她是通过他们不要党的领导的，我便不清楚了。但我细细想来，觉得并不是那样。

（五）中宣部讨论停办文研所的事，我根本不知道，也没有听说过。

（六）丁玲给我的不好影响，我想有：（1）她捧过《平原烈火》；（2）她偏爱过我（让我给她买出国礼品，让我到她家陪爱伦堡、聂鲁达、刘芭等人吃饭等）。这些，会促使我骄傲的。但在我心中更多地响着的，是她那"不要骄傲，不要骄傲"的话。

最后，我想说一说自丁、陈事件以来我的一些想法和一些意见，请作参考。

1. 我觉得，丁玲假如没有其他政治问题，只有思想和作风等方面的错误，则她仍不失为我党优秀的作家，她在宣传、坚持和保卫工农兵文艺方向上是有功绩的，对培养文艺青年也做过很多工作（在这次丁、陈事件的揭发过程中，这一点也反映得很突出），她对党、对新中国有着真实的感情，在创作上的影响，也是不能忽视的。如果但有一线希望，我请求党能尽力挽救她，本着"八大"的精神，用珍惜的态度，澄清她的问题，并采取措施消除这件事所引起的消极影响，这对党是会有利的。

2. 假如在丁、陈事件的揭发处理过程中，有着过火或失当的地方，我希望作协党组能记取这样一个教训：在开展思想斗争的时候，尽量避免使用压力，防止造成那么一种空气，即没有人敢讲反对的意见。因为，无论怎么说，这对事情的解决是没有好处的。有许多年轻、幼稚、缺乏斗争经验的同志，在这种气氛下，常会说出一些不够认真的话来。我自己在中宣部那次大会上的发言，便有过这种情形。这很可能只助长问题的更复杂、更混乱，而不能充分反映事件的真相。这对党不利是不待说的了，即使对这些年轻的同志说来，在今后一个时期内，心情会容易轻松得下来的吗？这些同志自应进行他自己的检讨，而党组也应预先便考虑到那可能是痛心的后果的。当然，假定有人故意说谎，向党骗取信任，则应给予必要的谴责。

3. 即使丁玲很多地方都错了，我以为单就她对培养青年作家的热情和努力来说，也值得我们党的作家和前辈作家们学习。一切党的作家，都应该像她那样跟青年写作者们有那么密切的联系，从党同群众的联系的观点来看，也应该是这样的。

4. 对文研所创办几年来的功和过，应该有个恰当的估价。自丁、陈事件揭发以来，在许多会上的报告、讲话和发言中，有把文研所全部否定的倾向，好像文研所只是培养了"一本书主义"，提倡了骄傲，宣扬了资产阶级思想，它是否有成功的或对了的地方，一字不提。这不但是不合乎事实和不公平的，而且使几十个在那儿学习过的青年们，也无形中一齐背上了包袱，使他们常常感到困惑，甚至羞于承认在文研所学习过；也影响到一些组织上对他们的看法。我以为，这也是个不能轻视的问题，那一些过于片面的说法，应当加以纠正。

5. 我对你们这次给我的来信，有一种在态度上不够全面和不够客观的感觉。上面只是问我受了"一本书主义"什么影响，某件事是否即鼓励我的骄傲，丁玲给过我"一些什么不好的影响"，却没有向我要对这些问题的反证，也没有问我受过她一些什么好的影响。这使我有些担心，这样的调查问题会不会得到完全公平的结果。

意见是否有错了的，望给我以批评教正。

此致

敬礼！

徐光耀

1956 年 12 月 12 日京

我的"规矩"形成了这信的特点：一、所有事实，都有时间、地点、场合，极便查证；二、对丁玲有利的话说了，对丁玲不利的话也说了，没有回避，没有"耍心眼"；三、用事实回答问题，用党心提出意见，至于怎么给丁玲定性，全然听凭组织。如果说到倾向，也只"但有一线希望""请求党能尽力挽救她"而已。最大的尖锐，则是担心这样的调查"会不会得到完全公平的结果"。

信发出之后，心里很踏实，丝毫没有大祸临头的预感，谁知"罪行"却由此铸成了。

三、"兴高采烈"

平心静气地想，自建国直到 1957 年上半年，那日子实在是美好的，供应充足，物价稳定，社会治安良好，各条战线欣欣向荣，人民生活大有提高，各级干部清正廉洁，党群关系鱼水情深，旧社会的恶霸、土豪、官僚、黑帮，一扫而光，小小一阵风，就吹掉了千年痼疾——吸毒和娼妓，党的任何号令，无不四海风从。朝鲜战场打败了武装到牙齿的头号帝国主义，中华民族吐气扬眉。东欧虽然闹起了波匈事件，可我们却是"风乍起，吹皱一池春水"。相形之下，在社会主义阵营，在国际共产主义运动中，我们是最足自豪的……所有这一切，都是因为党、因为伟大领袖毛主席的英明正确啊！

到 1957 年上半年，全国各地报纸，仍是一片连一片的大好消息。国家所有举措，大都得民心，顺民意。知识分子们，每天都在用他们的生花妙笔，大力歌颂形势大好，海晏河清。像我这个从一当兵就被教导要关心国家大事的人，还有什么不放心的吗？没有！很高兴，很放心。我若想跟上形势，有所作为，只有更深地埋头于我的长篇、我的人物。

突然，毛主席提出要"百家争鸣，百花齐放"。单这充满诗情画意的两句话本身，便很让人喜欢，"百家争鸣"，何等动听，"百花齐放"，何等灿烂。粗看一下它的内容，无非是给人更多的民主、更多的自由，把政治空气、文化环境，包括创作思想、学术气氛，搞得更宽松，更活跃罢了。建国七八年了，干部更成熟，人民更觉悟，党的绝对权威极为巩固，把民主自由予以扩大，岂非顺理成章的事吗？抗日和打老蒋时期，我们天天高喊民主自由，《新民主主义论》《论联合政府》也一再呼唤民主自由，现在要把承诺兑现，看来民主自由之花，就要在眼前开放了。谁个——尤其是知识分子——能不欢天喜地呢？

随着"双百"方针的发布，党又提出了整风。党已经够伟大，但还存有缺陷，还有阴暗面，还不适应执政环境，也不符合人民利益。怎么办？号召"鸣放"，给党提出批评，帮党改进，使党更完美。为了解除人们的顾虑，凡开会就提倡"畅所欲言"，再三再四地宣传"知无不言，言无不尽，言者无罪，闻者足戒"，"不抓辫子，不打棍子"，"舍得一身剐，敢把皇帝拉下马"。说，马列主义是不怕批评的，如果一批就倒，马列主义也就没有用了。还画出一幅美妙的前景来："要造成一个又有集中又有民主，又有纪律又有自由，又有统一意志，又有个人心情舒畅、生动活泼，那样一种政治局面。"说得如此好听、如此恳切，不知别人，我一听就喜欢到骨髓里面去了。倒不是我有意见不敢吐露，而是感到这么一来，党就真的会使我们的国家超越历史上的任何太平盛世，达到空前的繁荣富强。这怎能不激动人心！我甚至想到了当年的整风参考文件——苏联话剧《前线》，这是个揭露苏联自己阴暗面的戏，它批判前线某些高级指挥员顽固守旧，压制新生力量，致使红军遭受了重大损失的事。当时新华社发表文章说，苏联在正遭德国法西斯重创的时候，公开上演这样的戏，是它自信有力量、不怕批评的表现。当前，我们迎面没有希特勒，全国人心齐向党，党还要发动批评，以疗救党的疾患，可不比当时的苏联更伟大吗？

有一天，胡可从外面开会回来，神情特别兴奋。我问怎么了，他说，刚听了毛主席在最高国务会议上的讲话，"哎呀讲得真好，毛主席水平就是高！"胡可是全国人大代表，有资格亲听毛主席的讲话，他的兴奋、他的幸遇，都使我啧啧艳羡。只过几天，我也接到通知，去听毛主席这个讲话的录音。我高高兴兴地跑去了，发现会场很多人都把本子铺在膝盖上，一面听，一面与自己的记录对照，他们早听了非止一次了。他们在追求一份更完备的记录。我的手一向较慢，又是录音，又是湖南话，记得很糟糕，很生了一场自己的气。

毛主席亲自出马，亲自动员，苦口婆心，竭尽热诚，必是想到了1945年在延安回答黄炎培的那段话：我们已经找到新路，我们能跳出那个"其兴也勃焉，其亡也忽焉"的周期率的支配，这条新路，就是民主。现在，正是毛主席为此而大展宏图的时候了！所以他才如此热情地鼓励大家多提意见，以便发动全国人民，发扬民主，倾心吐胆，帮助党把风整好。毛主席尚且如此，我辈小子，有何德能，逢此开明盛世，眼望光明前景，真是觉得太幸福了！

恰在此时，部队上却出了个"四人文章"事件。陈其通、陈亚丁、马寒冰、鲁勒联名在《人民日报》发表一篇《我们对目前文艺工作的几点意见》，一下子被毛主席指为：跟中央"双百"方针唱反调，是反马克思主义的。毛主席甚至说，解放军开来了四个团，要对"鸣放"进行阻止云云。瞧,反对"鸣放"的"左"派们,遭到痛击,不是给"鸣放"政策上了双保险吗?凡对"鸣放"心存疑虑的人们,还有什么可犹疑观望的呢?

在这么火热的气氛中,创作室全体开会,宣布"鸣放"开始。会场上人人笑容满面,一派祥和轻松。然而,发言虽说踊跃,"火力"实在不猛,且多数与本单位无太大关系。即使扯到国家大事,也多有言不及义的。直到反右了,才有人总结说,创作室一周左右的"鸣放","攻击方向"主要集中在三大主题:一曰"肃反",二曰统购统销,三曰反苏反共。其一是指,有人在总政文化部莲花池"肃反"中挨过整,心存委屈,"鸣放"时有所抱怨,有人就举过公刘的例子。其二,有的家属从农村来信说,"卖余粮"卖过了头,挤了农民的口粮,有的地区不得不劳民伤财,又吃"返销"。其三,新来的秘书吴占一,东北人,很年轻,给陈沂部长当过秘书,大概从上层风闻到中苏关系有变化,便来"鸣放"说:苏联红军1945年进入东北时,到处强奸妇女,乱拿老百姓的东西,还拆走了我们好多机器。这些话,其实只能算作"闲篇",没有谁把它当真的。

唯一"火力"较猛的是樊斌。樊斌不是创作室的正式成员,他从小要饭,要饭要到八路军那里,同志们说,别要饭了,当兵吧,共产党就是为穷人翻身求解放的。他就丢下讨饭棍,成了红小鬼,从卫生员一步步熬到军医,也提高了文化。在进军西藏途中,眼见无数战友艰苦卓绝,大受感动,写了个中篇小说《雪山英雄》,出版后颇受欢迎。他再接再厉,又结构了一个新中篇。创作室发现他是个好苗子,为成全他的作品，便暂时借调了来。他也像我一样，是个"一根肠子通到底"的家伙，自恃根正苗红，便放胆"鸣放"说：我见过一些坏干部，吃着国家的饭，整天闹自私自利，就像枣树上的尺蠖，一屈一屈地到处啃吃人民的财产。有些更可恶的，简直张着血盆大口，公开吸食民脂民膏。说起这些蛀虫来，我真恨不得拿机关枪嘟嘟了他们！

反右时，樊斌成了创作室当头第一名，说他对党"怀有刻骨仇恨"，证据就在"要拿机关枪嘟嘟共产党"！

若论我在"鸣放"中的表现，倒是个十足的"左"派，不但没有一句错话，还把三大"攻击方向"批驳了两个。从"左"的立场说，真称得起是我的一份"荣耀"。我说，"肃反"确乎伤了一些人，可也把一些人的问题弄清了，譬如我们华北军区整张志民，整得他几次哇哇大哭，连书信、日记都翻查了，最后结论是没事儿。既没事儿，他就用不着背个不清不白的"包袱"了，这不也挺好吗？我这话的内涵是：我做过锄奸工作，深知有些"嫌疑分子"的档案中，存有长久弄不清楚的"问题"，本人也许全然不觉，但在知底人看来，其"包袱"是极为沉重的，直接影响着对他的任用和升迁。诗人张志民之被肃，是由于公安部的两条检举：一曰在逮捕胡风时，他在门口"探头探脑"；二曰从胡风家中抄出了他的书信一封。假如没有把他"整"一通，想落个清白档案，是不大可能的，何况检举者是公安部呢！

至于"攻击统购统销"，创作室最大的反驳"权威"就是我。我刚刚亲自办了三年的农业合作化。三年中，按照党的文件仔细观察，确乎发现不少"新富农"苗头，就是说，这些"资本主义自发势力"，多数还留恋新民主主义，不愿也不满农业合作化，因而成了合作化的绊脚石。党之所以发动"卖余粮"运动（即统购统销），就为给"新富农"们一个沉重打击，绝了他们拿粮食去"投机倒把"剥削别人的路。我甚至拉扯上我的父亲，说他解放以后，小日子蒸蒸日上，就忘了旧日苦楚，正顺着"老富农"的发家路线，兴致勃勃地寻求发财呢。若不把他的"路线"掘断，怎么会规规矩矩去走社会主义的光明大道呢？——我这话，说得叮叮当当，被驳的人只好哑口无言。

为此，当反右运动以雷霆万钧之力压下来的时候，创作室有个同志在惊愕之余，指着我说："徐光耀，你小子这回又闹对了！"我听了，还窃窃私喜，真觉得又经住了一次严峻考验呢。

大家的"兴高采烈"是否已达到"顶点"，当时谁也不晓得进行比量。在宣布"鸣放"结束的那次会上，主任虞棘突又加给大家一个任务，他说："'鸣放'是结束了，可每人还得交一篇'鸣放'文章，把你们已经说过，或没有说完的意见，再用文字表达出来。这不是要求，而是死命令。诸位都是作家，各自去找题目。"我急不可待地说："我怎么写？大家都见了，我根本没有意见呀……"不等我说完，虞棘就连忙又摆手又摇头，"不管不管！不是说了嘛，死命令。有没有意见，都必须交文章，谁都一样。"老实说，自打参军以来，这还真是第一次接到"死命令"。好吧，军人以服从命令为天职，自己去想办法吧。

在家里绞了两天脑汁，从陈、陈、马、鲁"四人文章"，忽然想到部长陈沂。陈的领导，我素来觉得有点家长作风，而社会上时露苗头的文艺教条主义，也导致一些作品的公式化、概念化。这些"公害"，都有使文艺脱离群众的危险……就这样，脑子里一步步生发开去，一条凑一条，终于把文章凑成了，题目叫作《海阔凭鱼跃》，副题是《向部队文艺领导献上我的几点浅见》。为给写长篇挤时间，匆匆抄正发出。

过了不几天——6月8日，《人民日报》发表社论《这是为什么?》敲响了反右的战鼓，又过了八天，《海阔凭鱼跃》在《文艺报》登出，白纸黑字，斧头也砍不掉了。

如果稍许世故一点，我也许能避过这次失足。因为已有征兆，足够使人警惕。是侯金镜又一次来到了大耳胡同，在谈及《文艺报》的内部情况时，他感情复杂地说："这一回，唐因、唐达成、侯敏泽几个，恐怕要吃亏。他们说了不少'出界'的话，至今势头挺盛，这么下去，会栽跟头的。"我听了不免着急，问他："为什么不提个醒儿，帮他们一把?"侯说："不行啊，你一说，他们会在会上揭你，说你破坏'鸣放'。"我正自沉吟这个回答是否有道理，侯又说，本来他也想说说的，可张光年不让，至此，侯把拳头往腰后一掖，说："张光年要保持我这个'拳头'，到时候好用。"恨只恨我那时太自信、太痴愚了，连这么明显的"引蛇出洞"的警钟，也未放在心上。

但事后我常常想，虞棘其人，一向较为谨厚，有山东汉子之风。我们虽无深交，也绝无私怨，他从哪里找来"死命令"这一招数的?若说是"恶作剧"吧，虞棘似不是这种人;若说是支部故意设计，而同时上当的还有魏巍和胡可，他们都有"鸣放"文章出手。这到底是怎么回事呢?直到1977年，忽得宝书五卷，拜读之后，才恍然大悟。

原来那时的伟大领袖，目光四射，洞察分毫，对像创作室这样冷清的"鸣放"，是不能满意的。他说："现在右派的进攻还没有达到顶点，他们正在兴高采烈……我们还要让他们猖狂一个时期，让他们走到顶点。他们越猖狂，对于我们越有利益。"好来个"诱敌深入，聚而歼之。"（《毛泽东选集》第5卷425页）原来如此！"死命令"乃整个战略部署下的战术发明，你还往哪里逃呢？

四、插　曲

忽想起一件与"鸣放"小有关系，可互为"照应"，最后留下一个"谜"的事来，也无妨记在下面：

约在创作室"鸣放"的后期吧，虞棘通知我及另外一二同志，让去旃檀寺总政大院，参加给陈沂部长提意见的会；并说，此会是文化部与宣传部联合召开的，目的是整风，陈部长也希望听听各方面的意见。这使我有点兴奋：有机会当面给部长提批评，不是随意可得的。况且平时总认为他说话生硬，办事武断，文艺观点偏"左"，创作室许多人对他都有些畏惧。把这些话说给他听听，供他整风时反思，总是件好事。当然我也知道他是老革命，有不少功劳，文艺界唯一的一名少将，挑了我去"捋虎须"，不是好玩儿的，但还是做好了发言的准备。

会场设在一个中等会议室，约五六十人之多，清一色都是军官，绝大多数我不认识。主持会议的是总政宣传部领导。与一般"鸣放"

不同，气氛相当严肃。会议预定八点半开始，人早到齐了，时间已过，独不见陈沂露面。主持人一面派人去催，一面频频看表。催的人回来说，还有一点儿什么事没有办完，得再等一会儿。主持人颇不耐烦地宣布："再等五分钟。"五分钟过了，仍不见来。便有人提议，"开吧，开吧，说着等他。"于是有位首长指指我说："徐光耀，听说你有些意见，你先说吧。"可我却站起来摇头说："我不，我要等着陈部长来了当面讲。"这句话居然引起了一阵哄笑。但我刚刚坐下，陈沂就大步匆匆地闯进来了，连连说着"对不起"。

主持人便再次指我，"陈部长来了，你讲吧。"

可惜"文革"期间，我忍着剜眼剖心之痛，把日记毁掉了，不然，我会把意见复述个大概。如今记忆力衰退，实在想不起说了什么了。但由此也可证明，我那些话都属于"鸡毛蒜皮"，没有可以上"性质"的。不然，总会记住一两条。但有个细节还留在印象中，即我谈到了一件事实，刚说了半截，陈沂突然插断说："事情不是这样的，那是……"我也立即插断他，说："陈部长，请你让我把话说完。我说错了，你有的是时间反驳。"接下去，一口气把话说完，没有再碰到阻拦。

几年之后，才奇怪我哪里来的那么大"贼胆"，"猖狂"到如此程度，可不就是"明目张胆地向党进攻"吗？有趣的是，此后不久，陈沂和我都被当成右派来打了。据传，斗陈的会场上贴有大幅漫画：满脸青绿的陈沂，正抱了马寒冰的尸体做投枪，凶恶地向党进攻！而我这次对陈沂的"攻击"，既无"向党进攻"之罪，也不给"反击右派"的嘉奖，大会小会毫不提起，悄悄地"功过相抵"了。

此后的四五天，忽接到一封很奇怪的信。信封上标明寄自"克拉玛依第495勘探队"，打有三个邮戳，日期分别是"5.23""5.24""5.25"，都盖有"北京"字样。八分邮票的图案是红军长征"过雪山"。"克拉玛依"那时正名声大噪，因为据说发现了大油田。可我与克拉玛依素无来往，谁给我写信呢？

打开看，是半页竖行红格稿纸，字迹秀美流利，信很短，抄之如下——

徐兄：

偶读高中文学课本，见曹植《野田黄雀行》，甚感古风犹可贵，抄寄共赏。

高树多悲风，海水扬其波。利剑不在掌，结友何须多！不见篱间雀，见鹞自投罗。罗家得雀喜，少年见雀悲。拔剑捎罗网，黄雀得飞飞。飞飞摩苍天，来下谢少年。

致

敬礼

友人自远方寄

（课文中注解尤有味道，不赘）

我的文化水平很低，看了，不懂。愣了半晌，想到正有一套高中文学课本在架子上，找着曹植这首诗看注解，说此诗乃告诫"螳螂捕蝉，黄雀在后"之意，才恍然觉得可能是个警告。警示我是否跳得太高了。然而又拿不准，我并没有"捕蝉"，唯一想捕的只是长篇。我身上也没有什么油水，怎会招得"黄雀在后"呢？虽给陈部长提过意见，可那是在会上，当面讲，毫无伏在背后偷袭谁的意思。到底怎么了？

下午，创作室仍开会"鸣放"，我把信带到会上去给大家传阅。人们有的摇头微笑，有的说是匿名信，是开玩笑，也有的说，写信人怕有阴暗心理，最激烈的说法是，"这是破坏运动，应当查一查！"……当宣布正式开会之后，我就把它收回兜里，一直保存至今。

忽忽四十多年过去了，今天再看此信，猛觉写信人实在是一位贤明，在那网罗四张、钓饵遍垂的年月，他能一展大慈大悲之心，给我这位盲人瞎马一个提示，该有怎样一副救人济世的古道热肠啊！可惜的是，还从哪里去寻这位恩人呢？他是不是仍活在世上？他还记得这件事吗？天可怜见，信主虽然难找，信却成了我最堪珍藏的一件文物，若把它视为抵制"阳谋"的义举，那价值就更高了。

五、"人民战争的汪洋大海"

"人民战争的汪洋大海"，是反右运动兴起之后，普遍流行于大小报刊的一句话。它所形容的是：各色各类的右派分子都落入"大海"里了，正遭着"人民"的"聚歼"。这"大海"之深、之广、之沸腾，如烈火烹油，够得上是史无前例。过去小说中常用的"鱼落网中，鸟已入笼"，绝对不够劲。一旦入"海"，即使你以头抢地，哀告求饶，都不管用了，必要扫尽你的斯文，剥尽你的尊严，辱尽你的人格，骂你个狗血喷头不可。其实，泛过这个"大海"，用不着再劳动改造，已尽够使人"脱胎换骨"了。

但后来有人评价创作室的整个"运动"说，"鸣放"阶段，基本上冷冷清清，"反右"阶段，也没有太大"火候"。意思是，从全局衡量，算不上"典型"。现在想来，倒也不无道理。若与军外相比，真可能是很文明的。拿敲起反右锣鼓的 6 月 8 日社论之后说，创作室竟还安排人去度创作假呢，使我们几个——史超、周洁夫、柳其辉、黎白夫妇、徐孔和我，优哉游哉地上了北戴河海滨，轻松地写开了东西，并大游其泳。各地已在风起云涌地反右派，仿佛与我们全不相干。可是，有一日在阅报栏前，忽听周洁夫"哎呀"了一声，吃惊地说："怎么，刘宾雁也成右派了？他要成了右派，我们都得是右派！"我立即凑上去看，果然，刘宾雁已被报纸"点名"，同章伯钧、罗隆基等划归一类了。

周洁夫一向沉默寡言，性格内向，也有点小心小胆，"文革"时，他在广州军区当文化部副部长，刚有人贴他的大字报，他就自杀了。可这时，我跟他还不甚熟，亦不知他与刘宾雁是啥关系。但他的惊叫也惊了我的心：什么叫"我们都得是右派"？右派跟我们沾得上边儿吗？

然而，当天即接到创作室的长途电话，叫我们立即赶回单位，以参加对右派们的反击。我除了遗憾游泳尚未过瘾之外，倒庆幸长篇恰好杀青了。第二日一早，几个人骑了自行车往车站赶。路上，我绑扎得很紧的长篇底稿包袱，忽从后架上颠落，丢在地上。我心上猛感一震，觉得这是个凶兆。

创作室的第一次会议，给人印象还算平和。虞棘主任讲话，主要是要求大家放下手上工作，积极勇敢地投入反右派斗争，该揭发的揭发，该检举的检举；如果在"鸣放"中说了"出界""出圈"的话，要进行检讨，早日"卸包袱"；谁跟社会上右派有联系的，更须及早交代，划清界限，以便轻装上阵。

气氛不算紧张，但是开始了。

"要拿机关枪嘟嘟共产党"的樊斌，自然首当其冲。可怜这个小要饭的，大概在旧社会也没有被三十来人围着臭骂过。"尺蠖""血盆大口""吸食民膏"、拿枪"嘟嘟党"，开头还算是"出界"，经过三批两批，很快都变成了"对党怀有刻骨仇恨""疯狂向党进攻"！按理说，谁的心中都明白：樊斌所想"嘟嘟"的不是共产党，而是坏干部。这个"个别"与"一般"的常用概念，不知怎的一调换，坏干部都成了"共产党"。与会的多数人在战争中锻炼多年，原则性原本很强，竟无一人（包括我）觉得这有什么不妥。悲剧就这样"顺利"而反复地循环。在这种局面下，朴实而木讷的樊斌，全无一言可辩，只能认罪低头，不几天便"斗熟"了。最后，党籍军籍双开除，戴上右派帽子，带着他彻底毁灭的中篇，发往云南麻风病院"改造"去了。《解放军文艺》上发表魏巍的批判文章，题目就叫《樊斌——一个反党逆子》，还有个启人深思的副题，即《一个人抗拒改造会发生怎样的事》。

在斗樊斌的时候，创作室插空发了个打印文件，人手一份。题目毫无感情色彩：《公刘在"肃反"以后写的几首诗》，录有《怀古》二首、寓言诗四首、新诗两首，分别发表在《新观察》《文汇报》《诗刊》等处。只有最后一首长诗，不知何故，注有写作日月，而无发表处所。文件很干净，无一字说明。

公刘在"鸣放"前，对"肃反"表示过不满，但意见呜呜哝哝，说不上有多少"上纲"的东西。而在"鸣放"时，他正徜徉于敦煌莫高窟，自然无"错"可抓。但这八首诗，却把他"扣"住了。我向来不懂诗，公刘兄这八首，我是第一次欣赏，读得也最认真。但当时还是不大懂，只觉得很好玩儿。且抄一首《刺猬的哲学》，大家共赏：

冬天来了，到处飘着雪花，
两位刺猬哲学家，
为了寻找食物，
抖抖索索的在野地里爬。

它们在路上偶然相遇，
彼此像绅士一样行礼如仪，
相互问过夫人公子的康健，
然后咒骂了一阵天气。

可恶的北风越吹越紧，

昨夜西风凋碧树

两位哲学家都觉得很冷；

不靠拢吧四面招风，

靠拢吧又实在蜇人。

于是他们想出了一个聪明的主意：

让双方保持一定的距离，

既不要过分的疏远，

也不宜过分的亲密。

可是天啊！这样怎能取暖？

如果各人只顾自己缩成一团！

丢掉这种刺猬的哲学吧，

应该掏出赤诚的心来交换……

怎么说呢？这首诗的用意并不隐晦，最后一段已经喊出来了。可按斗樊斌时专挑毛病的习惯，据我分析，还确有"反党"成分：同志间靠一靠，就会"蜇"着吗？这种现象如果有，也是个别的。党从来不主张人与人"要保持一定的距离"！非要这么说，就是诬蔑！这么一想，自然奋勇起来，积极参与了对公刘的声讨。凡人如我者的毛病就在：自己挨骂的话记得清楚，而自己骂人的话，大都不记得了。幸而公刘仍然健在，我都骂过他些什么，他是完全有权利随时揭发的——写到这里，忽觉有个疑难：骂了公刘，泼了不少"诬蔑诽谤"

的污水，道歉是当然应该的。可是，迁延至今，我既没有向公刘说过半句赔情的话，他也丝毫没有要别人道歉的意思，大家都认了！整人的、挨整的，都认了！好像世界上根本就没有发生过这码事。今天，倘若有谁说了一句伤人的话，是要打官司的，道歉不说，还要索赔。可几十万或上百万的右派，至今无一人提过"道歉"要求。岂但道歉，即使"内部控制使用"，人不人，鬼不鬼，甚或家破人亡，"曳尾涂中"二十余年，等等，除了一纸"改正"和一个"扩大化"之外，也就万事大吉了。宽容固然是美德，可净是一味宽容，老是认了就认了，认了就罢了，陈陈相因下去，会不会又弄出个什么"文化大革命"来呢？公刘兄善于思辨，不知他又有怎样的看法？

公刘在创作室诗名较著，文化素质较高，"知识越多越反动"，斗起来自然升温加码，格外带劲，所费时日也大大超过了樊斌。在"背靠背"会议上，支部几次布置要"加温"。随着斗争的深入，报上"点名"的右派越来越多。于是，面孔板得越凶越好，牙齿露得越长越好，便成了统治会场的风气。突然，四川冒出个"反动透顶"的诗人流沙河来，喊得最响、批得最凶的是他的《草木篇》，说是一株恶毒攻击党的大毒草。创作室顺风顺水，把公刘的寓言诗与《草木篇》排行，称之为《禽兽篇》。这样一搭配，"双峰对峙，二水分流"，在反党上便有了"异曲同工之妙"！哪怕公刘浑身是嘴，也辩不清楚了。

"人民战争"越打越火，地方上的反右烈焰，很快延烧到部队来。一日，创作室的党员干部奉命去参加全国作协的"党组扩大会议"。我那时真是闭塞得该死，竟而全然不知这个"扩大会议"是干什么的。

直到卡车开到王府大街文联大楼门口，有人说"丁玲来了!"我忙问"在哪里?"有人指:"那不是!"果然，陈明搀着戴墨镜的丁玲，徒步蹒跚而来。我急忙跳下车厢，跑过去把手伸给丁玲，说"你好!"丁玲沉着脸不吭声，也不伸出手来;而陈明的眼睛里聚着一团惶恐和疑惧。我这才恍惚觉得有什么不对劲，急忙反身跑回创作室的队伍，傻呵呵地一同进了大楼。

六、军外大舞台

原在王府大街64号的文联大楼，现已归了中华书局和商务印书馆，甚觉可惜。这地方很有资格成为一个纪念馆。50年代后期，特别在反右派运动中，它实在是个极有意思的风暴中心。我相信，文艺界大部分从那儿进出过的人，终其一生，都将很难把它忘怀。

党组扩大会议的会场，设在二楼圆柱大厅，不大规则地摆着些桌椅，说不上哪是主席台，靠东墙有两张"课桌"，几名主持人就常常聚在那里。就风格论，很有点散漫自由的民间意趣。主持人中最活跃的，自然有周扬指为有"大功劳"的刘白羽，以及邵荃麟、诗人郭小川，等等。不知为什么，周扬却坐在一个角落里，不是后来他偶然插话，我还以为他不在座呢。丁玲和陈明共一张"课桌"，陈企霞坐在另一个地方。另有几位格外苦脸低眉的，如冯雪峰、艾青等，都插在角角上。其他与会者大多是文艺界的头面人物和知名人士，散乱地挤在"池座"里。宣布开会前，满大厅只听见"嚓嚓"的脚步着地声，有交谈也是嘘气样的窃窃私语，整个气息都屏住了似的。

我绝对不是描述这场风暴的权威，也谈不上合适人选，充其量是个半陪绑性的"小萝卜头"。因"内幕"不明，又事隔四十二年，我只能从个人角度，就耳目所及，略述些表面现象。若睹全貌，只能俟诸真正权威大家了。

会议开始，周扬和主席们都没有讲话，这也不奇怪，"扩大会"已开过多次了，我们是被再次"扩大"来，半途插入的，没有见到开场一幕，也就很自然。这天抢占发言先机的是方纪，他那时在天津作协负责，正当壮年，身材高大，口才极好，洪亮的嗓音配合着手势，加强了他揭发问题的轰震效应。他说：天津文艺界的反右派，取得了突破性进展，与陈企霞关系密切的××，已低头认罪，并揭发了一个"骇人听闻的""大的反党阴谋计划"！接着，他先历数陈企霞"伪造信件"，组织"翻案"，"到处点火，向党进攻"等恶行，然后才把这个"大的反党阴谋计划"揭开盖子，说：丁玲计划在即将召开的文代会上"公开退出作家协会!"这是令人"全身发冷，毛骨悚然"的"分裂全国文艺界的"狠毒阴谋！最后，方纪又掏出一本《南唐二主词校订》，摔在桌上，说，它就是陈企霞、××之间联络暗号的物证。

我惊愕，我痴呆，我脑袋里轰轰乱响，但还不曾弄到魂飞天外的程度。停了一阵，在新奇感和震颤感递减递消之后，忽而敏感了起来，在方纪列举事实过程中，牵连人数之多，最叫我惊心。依稀记得被点名的有：艾青、冯雪峰、李又然、聂绀弩、胡考、唐达成、钟惦棐、孙毓春、浦熙修、梅朵、姚芳藻……还提到陈企霞有二百多学

昨夜西风凋碧树

生，等等。至于丁玲和陈明，更是案中主犯，不言而喻。这个发言的威慑力，实非寻常，特别是一提到大阴谋"分裂文艺界"，界限一划，"物以类聚，人以群分"，这些人不就都归到一块儿去了吗？

反右进展到当前阶段，"点名"已成为一种请君入瓮的手段，甚或就是"罪行"的证明。方纪的发言，很明显把会上的"火候"提升了一个高度，如他自己所说，是"突破性的"。此后不久，郭小川有个发言，更把"点名"带上新高。

郭小川同志是个好人，口碑至今不坏。但他在批判冯雪峰时，一开口就吓人一跳。他说他怀疑冯雪峰到底是不是一个老共产党员，如果不是，骨子里又是什么？为证明这一"立论"，他念了一个为冯所接近所信任者的索引表，上名单的一共十七人，他们是：胡风、姚蓬子、韩侍珩、冯达、黎烈文、孟十还、彭柏山、刘雪苇、吴奚如、潘汉年、萧军、尹庚、丁玲、陈企霞、顾学颉、舒芜、张友鸾。

郭小川解释说，这些人都是反革命、特务、叛徒、右派、反党分子，是政治面目不清、思想反动的人。说冯从"左联"时代就与这些人"像影子一样离不开"，一起发泄对党的不满，与党闹对立，或是进行疯狂的反党活动。郭小川还引申说，"如果雪峰也像普通干部那样，拿着这张社会关系表去谈工作，我看哪个机关也不敢收容的。"这话自然很不错，然而，若按此"标准"也套一下周恩来，给他也列这么一张社会关系表，又将如何呢？——真不敢想下去了。

我认为，还应在此赘上一笔的是：郭小川同志在批冯雪峰与胡风的关系时，说了这么一句话："冯(雪峰)胡(风)利用了鲁迅的生病的身体，那几篇重要文章都是在鲁迅病重甚至连话都说不出来的情况下通过发出的。"我觉得实在太过分了，不但不讲道理，也不通。我真想为郭小川同志一哭！

每次会议都必须参加的丁玲，自始至终地与陈明坐在一起，听着各种各样对她的批判、侮骂、作践和羞辱。她的痛苦、她的隐忍、她的入地无门，我这支秃笔是没有办法写出来的。曾几何时，她还是中国共产党的、从延安来的最有代表性的作家，"左联"时期的领导骨干，中宣部文艺处长，中国作协副主席，中央文学研究所所长，《文艺报》和《人民文学》前主编，斯大林奖金获得者，伟大领袖曾誉之为抵得"三千毛瑟精兵"的"昨天文小姐，今日武将军"。转眼之间，变成了"反党阴谋家""野心家""极端卑鄙的个人主义者"，被当面斥为"落水狗""杨荫榆""莎菲"，乃至"凤姐儿""奸臣"……新中国成立才七八年，自己阵营里的"阶级斗争"就打成了这样！

为了把丁、陈彻底地"批深批透，批倒批臭"，会议还邀请来党外的茅盾、郑振铎、老舍、曹禺、臧克家、许广平等这些民主人士和文学巨匠，借助他们的声望、威信、影响和才干，在更广大的范围内批判和侮弄这些人。在一次会上，我亲见许广平指着冯雪峰的脸，骂他"心怀鬼胎""不知羞耻"，几乎声泪俱下地指斥他说："那时鲁迅正病得厉害，你还去絮絮叨叨，烦他累他，说到半夜，还在纠缠不休，你都想干什么？……"仿佛冯去找鲁迅，真的有不可告人的目的。而冯雪峰放在案上的左手抖得簌簌的，一张惨青的老脸，憋涨着怎样的痛苦啊！这位五十五岁的驼背老人，领导过"左联"，参加过长征，蹲过上饶集中营，周扬的入党介绍人，奉党命去做鲁迅的工作，为革命赴汤蹈火大半辈子，他怎么会想到，忽然之间就成为如此为人唾骂的右派呢？

人们绝对相信，从许广平的一生来看，无论怎么说，她都是革命阵营中的一位志士。岂但她，其他被邀来的党外文学巨擘，也都或长或短、或轻或重地发过言。他们往日在旧社会与国民党作斗争的时候，都是品德高尚，注重名节，从不胡说八道的，如今却顺着大势，做些连自己也未必清明的所谓"批判"，捕风捉影，胡乱扣些"帽子"。他们都是有资格名垂后世的，此后，当他们面对后人，要出"全集"的时候，再重翻这些"发言稿"，还能找到法子安放这份尴尬吗？有人说，中国文人自古就有个毛病，一碰上"黑手高悬霸主鞭"的逆境，便很容易堕入下作不文之流，以致出现人格分裂，神志昏崩，理性和良知陷入混乱的情况。特别在知识分子成堆的地方，整人的也挨整，挨整的也整人，大家互相丑诋，互相撕咬，最无可奈何时，甚至互相欺诈，互相葬送。作家唐瑜说得好："整个国家像中世纪的罗马竞技场，奴隶扑杀奴隶，以供奴隶主取乐；奴隶扑杀奴隶，为求自己得以苟延残喘。"话虽苛苦，情形确是这样啊。

当然，动机是有差别的：有的为洁身自保，有的为立功自赎，有的为证己无罪，也有的是奉命"打冲锋"，强作积极，自然也不排除有人落井下石或用人血染红顶子的。但从绝大多数看，却只有一条，那就是吓坏了，吓昏了！许广平倘不吓昏，怎会对鲁迅的战友说出那种话来？在这种情况下，即使是巴金，若想反思或痛悔，能"思"得了，"痛"得成吗？

但也有一个人与众不同，这便是老舍。老舍先生的发言最具个人特色，依然保持他幽默、冷峻、直白的一贯风格。听内容，名为批丁、陈，实则颇多弦外之音。他说："我早知道有人不大敬重我，说我当作协副主席，是把我抬得过高了。我说，并不高。"接着，他就说了几件在重庆从国民党手里救作家帮作家的事，然后自问自答，"我不是在这里表功，更要紧的是解放后我可曾拿这些当作资本，争取当作协副主席没有？没有！我在重庆团结过作家，我有资格当作协副主席。我不是向上爬的人。我不会向首长们吹嘘自己，让我做副主席。"下面又谈到，外宾在他家吃饭，他送外宾小礼物，都没向作协要过钱。组织上请他去北戴河、颐和园休假，他也不去，"我有自己一个小院子，为什么要上颐和园把别人休息的机会挤掉呢？"他说，作协的庶务科说他是"最省事的副主席"。他号召，"我们的国家还不富，我们应当勒紧裤腰去搞建设"。

他还谈到要尊重民间艺人，要帮助戏剧曲艺的发展，要重视"每天逗着几十万人笑"的侯宝林。最后落到"要团结"，做到"人人能够不猜忌，不虚假，不狭隘"，"大家都说真话，不背后嘀嘀咕咕"。

他的话，说不上石破天惊，但确乎是格格不入，不记得有什么掌声，不过，人人都听得很提神。老舍毕竟是老舍，在这样的会上这么说话，也就难怪他后来要跳德胜门外太平湖了。可若把他的话细一咂摸，也有令人生疑之处，有些话，是颇涉党的秘密的。会上常批冯雪峰等人向党外"泄露秘密"，那么，是谁向老舍泄露过呢？可当时谁

昨夜西风凋碧树

也想不到要去追究，这就更加耐人寻味了。

七、"花絮"（一）

人生大舞台毕竟是丰富多彩的。在压抑紧张气氛中让人破颜一笑的"花絮"，也曾出现过。我首先要说的是艾青。艾青虽然很早就同丁、陈一样坐在了"被告"席上，可态度一直很悠闲，似已超脱红尘了。每听见逗乐及滑稽话头，他绝不掩饰，也绝不控制自己的笑容。为此，常有人骂他"不老实""不严肃"，但他仍照笑不误。有一次，主持人拿他开刀，选了他一段"自我检查"稿，念给大家听，其中有一句"那时我正生孩子呢……"引起爆炸性的哄堂。主持人气愤已极地说："这个所谓的'检查'，明显是他老婆代写的，他看也不看，就这么原封交上来了。这对党是什么态度？"大家也自然跟着气愤，乱哄哄喊抗议。可你瞧艾青，脸上也是一副忍俊不禁的样子，与大家一同笑，意思说："这有什么大惊小怪的？"有位诗人说过，真正的笑，是"穿越了地狱的琼瑶"，大概就是这样的了。

第二件事纯粹是场意外，说不准是第多少次的会上了，批判正在高潮中。那天会场的布置也有所创新：桌子摆成一个大圆圈，人在内外分坐，坐在内层的脸朝外，坐在外层的脸朝内。谁发言就站到圈子中心去，可以很自由地转着圈子选择"听众"交流。事情就出在我联大的师母逯斐身上。她一面发言一面转，恰恰转到坐在外层的我的对面，突然说："有人还恶毒攻击揭发问题的同志，比如——这话好像是徐光耀说的，说康濯同志是个"汤裱褙"！……"这句话刚一落地，坐在我对面的康濯就"腾"地跳了起来，高举拳头，大呼口号："我抗议！我抗议！这是对我的最大污辱！……"他满脸紫涨，目眦欲裂，先是狠狠地瞪着我，见我也正瞪着他，便转过身去，又嘶声高呼，"我抗议！我抗议！"大家都被这奇峰突起的事件闹愣了，像在静观，又像变成嘴爪麻醉的一群呆鸟，静悄悄全无反应。康濯只好喘着咻咻大气，复又坐下。场上一冷，逯斐又接着发言，气氛乃渐次归于平静。

　　我已无心再听逯斐，一面观察康濯，一面想："到底怎么了？干吗发那么大的火？"康濯是文研所副秘书长，我入所学习时认识的，是个很会办事、思虑周密的人。郭沫若曾说他的短篇比丁玲的写得好。约一年前，曾风闻说他是"起义将领"，至于起了什么"义"，我连打听也没有打听过。这次是戳着哪根肺管子了呢？直到逯斐下去，又换个新人发言，众人都不再注意我俩时，我才悄悄问与我并肩坐着的胡可："什么叫'汤裱褙'？"

　　胡可一听就睁大了双眼，反问："这话是不是你说的？"

　　"我懂都不懂，怎么会是我说的！"

　　胡可叫我马上写条子给主席，声明不是我说的。我还满不在乎，说忘了带纸笔，反正跟我无关，慢慢再说吧。胡可就掏出本子，撕下一页纸，又把笔塞给我，促我立即写了这个条子——

　　主席：

　　　　　　　　　　　　　　　　　　昨夜西风凋碧树

逯斐同志刚才说的说是我说的那句话，不是我说的。请调查。

徐光耀

条子所以写得像句绕口令，是因为当时我还不知道"裱褙"二字怎么写。把条子交给刘白羽，我回到座位又问胡可："什么叫'汤裱褙'？"胡可颇烦躁，只低语一句："回家再说。"

散会回到家，我又追着胡可问，他才说："你不是看过京戏《一捧雪》吗？那里头有个汤勤，会裱画，人称'汤裱褙'。这出戏的后头两折，就是《审头·刺汤》……"我想了一想，才恍然明白，"汤裱褙"这句话，确是够恶毒的……

即使如此，康濯那么激动，似也大可不必。个别行事不妥，人人在所难免。日后孙犁说他，有时有"进退失据"的地方，为人还是很不错的。话说得很是公允。

还有一次"洋相"也出在我身上。好像出于爱护，支部劝我说："徐光耀，你是丁玲、陈企霞的学生，对这场斗争应该有个更明确的态度，这对你是有好处的。你考虑，是否可以在大会上发一次言呢？"话虽客气，刺是硬的，我敢说"不"吗？于是又嘱咐我，发言稿写出来，先交大会主席看看。我道"好"。

这是个不小的难题：一、我手中没有丁、陈的犯罪事实，在如此激剧的"发言比赛"中，如果揭发不出"重炮弹来"，已被疑为丁玲"亲信"的我，怎么交代得了呢？二、在给作协党组的复信中，我已郑重

"惭愧"过了，承认在 1955 年中宣部党员大会上的发言，是"不够认真的"。这一回，难道自己拉屎自己吃，再去"不认真"吗？……

然而，不发言便是与丁、陈站在一块儿，拒绝党的挽救，这是绝对不行的。憋了将近一个通宵，把致作协党组信中单单不利于丁玲的"事实"尽数抄上，重点则立足于"批判"，只当是臭骂自己，拣着解恨的词句狠批一通，大约也就够了。稿子写成，第二天一进会场，就呈交给主席刘白羽。

大会又开半天，临散，背后有人捅我，说刘白羽叫你。转身一瞧，在大圆柱子那里，果有刘白羽在候着。他那张本来很白皙的脸，此刻更白了，嘴角紧闭，一双眼直盯着我走到他的跟前，右手忽地一挥，我那发言稿就向胸前飘过来。我急忙伸手抓住，到听清"你还在'吁请'啊!"这句话的时候，他已转过脊背，走往圆柱后面去了。

展开发言稿重读，才发现"错误"是出在最后一句上。话是冲着丁玲说的："我以你学生的名义，吁请你痛改前非，争取回到党的怀抱中来。"当初倒也有点预感，写这"吁请"一词时，心中曾嘀咕是否太软了，可又一想，是希望她"回到党的怀抱"，不"吁请"，难道强迫不成？何况我一个微不足道的学生，娃娃辈，谁在乎我用词的软硬呢！哪知却遇此深仇大恨，不但稿子通不过，恐怕就此定了我的命运，也说不定的。

然而也有个好处，自此再无人找我发言，也就免于重犯"不认真"的错误了。

我所经见的最后一件"花絮"，不太轻松，反而构成会上的一个

昨夜西风凋碧树

大浪，也是给我的第二次"点名"。陈企霞未能"顽抗到底"，终被"突破"，作了"坦白交代"。他这个"坦白交代"，正像有些人说的，标志着"丁、陈集团"的"全面崩溃"。他开口就说，他想死，他已经买好白酒和毒药，准备了遗书。因为他预计，在××发言之后，他会被绑上台，由大家臭骂。然而，没有绑他，于是被感动，决心彻底缴械。

他所交代的"比××所谈更可怕"的第一件事，是与一个女人姘居十年，二人合伙写过三封匿名信，向党中央告状。他当场交出一把钥匙，说这就是他与那女人的"密室"门上的。接下来，谈他受处分后怎么不服，怎么与丁玲密谋翻案……后来，又揭发冯雪峰，说冯对《在延安文艺座谈会上的讲话》同胡风看法一样，说苏联的日丹诺夫，是有学问的大教条主义，最难反……他说得很激昂、很直率，听来十分"过瘾"，我也听得如傻如痴。

其中"点"了我的名的一段话，是这么讲的："徐光耀一向把我看成道貌岸然的老师。我要人向徐说：你悄悄送给陈企霞三四百块钱，但不要让陈企霞知道是谁送的。用徐光耀的钱不止一次，还曾托李兴华向徐要过钱，徐送来二百元。对这些事，同志们可以用最恶劣的字眼加给我。"确乎很赤裸，把自己剥得"精光"。

用了我的钱，还预先策划"不要让陈企霞知道是谁送的"，乍一听，使我这个缺心眼的人很感悲凉。而关于那两笔钱（有一笔是三百元，他说成二百元，是记错了），以陈企霞向来的豪傲和自尊，能说出"同志们可用最恶劣的字眼加给我"这样的话来，就事实论，也就很清楚了。陈企霞的"坦白"其实是一次精神大崩溃，但喷发的不是岩浆，而是污秽和垃圾，大家看，除了些私丑，又有多少事称得上是"反党"的呢？然而，整个会场已经沸沸扬扬，一些人掩不住自己的高兴，大敌攻破，一面准备上报，一面预备庆祝胜利了。

总之，在这王府大街的文联大楼里，党组扩大会议是富有"成果"的。我有幸目击了丁玲、陈企霞、艾青、冯雪峰诸人的被批斗，他们很快都成了大新闻的主角——登报了。可惜的是，以后怎么又网住了舒群、罗烽、白朗等一干人，因我已落入"大海"，取消了与会资格，就全不知情了。而十几次会议锻炼出来的这个"右派集团"，究竟有多大，恐怕是更难说清的。在方纪发言中点到的如李又然、胡考、聂绀弩、钟惦棐、唐达成，甚或浦熙修、梅朵、姚芳藻，以及后来的公木、李之琏、黎辛、张海、崔毅等，算不算入了伙的？古立高曾在我们大耳胡同说过：在丁、陈、冯、艾之下，另有"八大金刚""十二门徒"之说。创作室在批斗我和黎白的时候，又说联大文学系有个"一百单八将"，还郑重命令黎白把这"一百单八将"的名单开列清楚，呈交上去。若按方纪说的"陈企霞有二百多学生"，这数目还须加倍。此外，文研所已办两个班，属于丁玲的"门下"，又有多少人呢？若再加上冯、艾等人的亲朋好友、从来过往诸人，就越发数不清了。可见，"汪洋大海"之说毫不夸张，"人民战争"很有得打呢。

近日读到雷达一篇文章，说他前不久曾去一趟王府大街64号，在二楼大厅，忽听到"咕咚"的一声，不禁毛骨悚然。这是"文革"时，戏剧家田汉被"红卫兵"逼得无奈，在此处猛然跪地的声音。雷达以为，这是他平生所见的惨事之一。其实，这样的惨事还有很多，都不过是 1957 年党组扩大会议的顺延罢了。所不同的，是后来"运动"得更为壮观、热闹和惨烈，因为已不只是知识分子成堆，又掺和上"红卫兵"和"造反派"了。所以雷达也说，这地方确有成为纪念馆的资格。

八、挨　斗

"花开两朵，各表一枝"，还是让我们回到创作室来。

文联大楼的斗争热浪，催得创作室亦连续升温。先是命令与丁、陈有关联的人赶快交代，"再被动就危险了"。我于是写了个文字材料，恭恭谨谨地交代了三件事：

一、去年 12 月 12 日，给作协党组写过一封有关丁玲的信。

二、经李兴华手，送给过陈企霞三百元钱。

三、到丁玲家去过四次：一次帮她买出国礼品；一次是丁玲宴请《太阳照在桑干河上》的俄译者刘芭夫妇，让我去陪吃；一次是丁玲宴请聂鲁达、爱伦堡两对夫妇，又让我去陪吃；最后一次是与同学孟冰去找丁玲，要求去朝鲜战场体验生活。

这个交代写在陈企霞的大"坦白"之前，由于一时的人情味发作，心一软，把给陈的第二笔钱隐瞒了。于是铸成我的第四桩大罪。隐瞒的原因，主要是怕把那位女同学扯出来：她三十左右了，一直未婚，一个人孤苦伶仃过日子。联大时她是我的学习小组长，很文静，也勤奋，十分爱惜"羽毛"。丁、陈的案子如此火爆，一旦扯进去，必被穷追，那她的日子还怎么过呢？何况，不是说过钱算她借的，与陈企霞无关吗？就算隐瞒了，拿党性、良心一比，也说不上有多大过不去……

冷不防陈企霞在大会上自己揭出来了，而且说他们已姘居十年。我大惊之余，赶忙给支部写补充交代，但已来不及了，铁的事实证明我"对党不忠"，而我自己也很服罪，对党隐瞒，当然是很不对的。

为什么每逢交代，我总把给作协党组的信列为头条呢？它本来在党的生活中很正常：党组织给党员写信调查事情，党员按要求提供回复。其中无诬陷，无造谣，不虚假，也不故意制造混乱，凡事实都有根据，日月地点场合齐全，极其便于查证。按理说，这么用心地写信，应该受表扬才是，怎么倒成了犯罪嫌疑呢？若说这就叫反党，那么，党员再接到党组织来信，应该怎么办？难道不回答，不理睬，什么全不提供，一切都去你娘的呱嗒嗒，才能做到不反党吗？何年何月，有过这样的党章呢？

但又为什么交代呢？这主要是凭感觉、环境给的暗示。尽管作协党组是党，支部也是党，但你的信与丁玲有关，那就得"交代"！同时我也感到，仿佛有人正等着这封信，好早日见识一下它的内容。

"交代"了，也果然马上见效，不出三天，这信被复印三十份，在斗争公刘的会上分发，创作室成员人手一册。也给了我一册。复印技术在当时很先进，原件上被人画了黑线的地方，也都清晰可见。

尽管凶兆越来越多，我仍很自信，就让大家拿最挑剔的眼光，把这封信好好儿看看吧。创作室那么多老党员、老干部，大多在战场上出生入死过,有着多年的党性锻炼,我不信会凭着这个定罪,除非他们都疯了。然而,事实却证明,恰恰是我疯了!

就在斗公刘的会宣布"告一段落"那天,我被正式"点名"。主任虞棘说:"明天上午的会,由徐光耀同志检查交代,希望做好准备。"尽管我已有预感,还是大吃了一惊。虞棘看到了我的惊愕,这个曾下过"死命令"的人,解释说:"第一,你给作协党组的信,性质很严重;第二,你也有'言论',《文艺报》上发表了文章;第三,文联大楼会上,两次'点'了你的名……"

谢谢他,一下子使我明白了很多……

又一下子使我糊涂了很多……

这一夜,我几乎没有睡觉,"明白"和"糊涂"捉对儿厮杀——两个我,你杀死我,我杀死你……

可恨的"文革",吓得我把当时的日记毁掉了,记不清这个日子了。这一日,真是我生命史上下地狱的一天啊!

第二天上午,我作了详细的"交代",交代了与丁玲、陈企霞来往的全部历史、全部过程、全部内容。所谓"全部",其实不准,我所交代的只是丁、陈"错误言行"的全部。至于他们那么多革命的正确的言论,那是绝对不能提及的。提了,就会招致"又搞翻案",甚至"继续向党进攻"的训斥。这在樊斌和公刘的身上,已屡屡体现过了。

大凡一个人挨斗,总须经过这么一些阶段:坦白交代,批判揭发,深挖根源,"梳辫子"定案。而交代、揭发、批判,大都错综交又，贯彻全程。一般的规律是：凡初期的交代，总被批为"不坦白""不老实""避重就轻""继续隐瞒欺骗"。眼见得樊斌、公刘、丁玲，无不如此。我，当然也逃不掉。后来，从别处推广来了"经验"，在"坦白交代"之后，必须来一个"打态度"阶段。据说，有些被批斗的人，顽强抵抗，放肆狡辩，气焰嚣张，全无认罪之意。若不先把他们的"威风"杀下去，是很难解决问题的。因而，必须先"打态度"，待其老实低头之后，才能有所"交代"。而方法，则不外乎臭骂加温，拍桌打凳，大呼小叫，"狗血喷头"，必要使你一佛出世，二佛升天，屁滚尿流，筋骨瘫痪而后已。斗公刘的时候，"背靠背"会议还只布置"加温"；到我这里，"打态度"经验恰恰传到，于是，各种政治冰雹，劈头盖脸砸来，什么丁、陈的"走狗""马前卒""吹鼓手"，什么"忘本""叛党""资敌""出卖灵魂""卖身投靠"等，都成了司空见惯、题中应有之词。"温度"之高，要人保持不发昏，那是万难的。

其实，我与丁、陈的交往，就那么几次，活人当时都在，哪里需要下这么大工夫呢？1947年，我成了陈企霞系里的学生，除听课外，没有其他接触。新中国成立那年，他给我的长篇《平原烈火》提过修改意见，并介绍发表和出版，是对我的最大"恩惠"。可《平原烈火》是歌颂共产党八路军的，我也没吹捧过陈企霞，这都没法子"上纲"。此后，他被打成"反党小集团"，我们就没有再见面了。我的"错误"就是两次给钱，又全是别人主动、别人经手，陈企霞自己已说得很清楚了。至于丁玲，我交代中有个精确的统计：听她讲课、讲话（包括开学典礼、学期总结、三八节座谈、毕业典礼等）共八次，通信两回，去过她家四次。就这些，全可找得出人证物证。凭这点接触，她就能把我培养成"反党分子"，岂非太神了吗？

细心的读者会问，"去过她家四次"，有无实在内容呢？问得好，本来这也是斗争会上的重点，且让我把"坦白交代"底稿上的有关部分，原文照抄如下：

1951年3月11日，她（即丁玲）打电话叫我和李纳（文研所女学员）到她家去玩，我们去了。原来是陪《桑干河上》的俄译者刘芭夫妇吃饭。这是第一次到丁玲家去。这次，她把我向冯雪峰介绍时说："他的《平原烈火》我觉得比《新儿女英雄传》写得好，《新儿女英雄传》没什么人物，是凭故事取胜……"又说我是陈企霞的学生，然后又向我说，"你那篇《我怎样写〈平原烈火〉》写得不好，以后不论谁再叫你写这类文章，都不要写了。你怎么写的那本书，脑子里朦朦胧胧还不大懂呢。我本来想给你抽掉的，又怕打击你的情绪，还是发了。"当时，她是《文艺报》的主编。

第二次到她家去，是1951年10月2日（还有十来个青年作家），是去陪爱伦堡夫妇和聂鲁达夫妇吃饭。坐约三小时。她把我向这二位大作家介绍时，曾说："这个青年出过一本小说，写得很有才能。"

第三次到她家去，是1952年2月23日，我和学员孟冰向她要求到朝鲜去体验生活。这次她跟我们谈了很多话。大致有：

谈到了读书，从而谈到果戈理、普希金、巴尔扎克……向我们推荐了普希金的《上尉的女儿》。也谈到了中国古典文学。

谈到了生活。她说，她"就是一个作家，气质也是作家的气质"。她说，"我就近不得生活，一挨近生活便有创作冲动。"她说，她想写的东西太多了。目前最吸引她的有这几个方面：第一，想到新疆王震的部队去看看生产和打小仗（剿匪）；第二，想到东北的大森林中去看看伐木；第三，或者到湖南故乡，看看伐木者们的"顺流而下"；第四，去黄河，看大规模的水利建设。她说："我喜欢有色彩的地方，喜欢一般人不大注意或不爱去的地方，我是不跟人赶浪头的……"

还谈到《桑干河上》的写作情形，她说，这书是她的一种试验，试验怎样用许多小事把人物刻画出来，尽量避免单纯的叙述。

这一次，她答应了我们到朝鲜去。

第四次到丁玲家去是1952年2月26日。丁玲和曹禺将去莫斯科参加果戈理逝世百周年纪念。因我曾在去苏联前帮代表团采办过出国礼品，说我有经验，也帮她买些出国礼品。这一天，除上街两次买东西外，还管了些记记账、打电话、催商号送货等事。丁玲跟我说过这样一些话："一个人出国，出风头，并不是什么大荣耀（此段话在复给作协党组的信中已引用过，见前，不再重复——笔者）……"

她还拿出几本装订得很考究的果戈理的书，对我说："一个人写出书来，值得这样装订就好了。"

她问过我家里还有什么人，有没有在北京的，对继母叫不叫"妈"，杀过人没有，过去有没有很大的烦恼，等等。但我不明白她问这些的目的。

1953年5月9日，丁玲去找马烽，在文研所院子里碰到我。因我马上就要回部队了，她说了一些鼓励的话，最后说："你应该想法搞创作，不要搞编辑，蹲办公室不好，心里要经常有个打算，有个写长东西的打算，不要乱抓；乱抓在没事可干的时候来一下，磨一磨笔，不能总是乱抓。"

又，1954年(忘记了月日)，不记得在一个什么公共场合碰上了丁玲。我当时是从农村回京办事。她见面问我去看陈企霞了没有(正是《文艺报》犯错误，陈企霞挨批评，反胡风斗争刚进入批判思想阶段的时候)，我说没有。她说："你去看看他吧。他现在情绪很不好，就一个人闷在屋子里。他这个人是没有朋友的，难得有人去看他。你是他的学生，他见了你会感到安慰。你去劝他写写文章，批批胡风。文章写好了，发表了，他的精神情绪，都会好些，就不会光集中在受批评的事上了。而且文章一发表，人家也就不会以为他是被打倒了。"隔了两天，我去看了陈企霞，并把这段话的意思向他说了。当一说到"人家就不会以为你是被打倒了"时，陈企霞跳了起来，连问："谁说我是被打倒啦？谁说我是被打倒啦？"我没有说是丁玲说的，只说是怕人误会成这样。

大家看，这儿所录的话，从用词、语气、风格，到情感表达方式，都绝对是丁玲的。那时的反右运动，正"遍地开花"，所有与丁、陈有关的人，都在忙于"坦白"，各单位互通信息，互转"材料"，共同"破案"，"气温"一升再升，"牙膏"挤了再挤，哪容你有半字虚假？我这人向来"无事不可对党言"，从第一次交代，到最后定案，基本事实就是这个样子。参与斗我的十几二十人，至今大多健在，他们没有一个指出过，说我第一次的"坦白"后来又做过修改。唯一的一次"补充"，就是给陈的第二笔钱，我连忙申请了处分，当时还有人疑我故意小题大做，是想掩盖重大阴谋呢。那时我可真的怨恨起丁玲来了：你暗地里搞了那么多反党勾当，就一句知心话也不跟我说；如果说了一句，我今天也好坦白呀！

无可"坦白"，就把上面所录丁玲的言行拿来抵偿。凡能上"纲"的，都被录进去。所以，这些就都成了"宣扬一本书主义""鼓励骄傲""宗派小集团活动""向党猖狂进攻"等罪行的佐证。至于丁玲说过的更多的话，那是不能也不敢录进去的。可悲的是，这些"坏话"被保留下来，而好话却永远消弭在大气里了。

九、也让丁玲亮个相

在这篇长文中，我一直没给丁玲一句申辩的机会，从开头到眼下，她一直是个罪犯形象，这是有失偏颇的。现在借个机缘，请她自己来点"独白"，不只为公正，也调剂一下氛围。

　　　　　　　　　　　　　　昨夜西风凋碧树

在我挨斗不久，支部又下过一道命令：凡与丁、陈及相关人员的通信，要尽数上交，不得隐匿或销毁。这是把反胡风的经验移植过来了。胡风只"三批材料"（主要是通信），就打出一大群"反革命"来，效果非常显著，创作室跟我要信，自是理由充足。于是我连忙检点丁、陈及联大同学们的来信，即行清理上交。

　　上交之前，禁不住要把它们看一看，也是加倍小心的意思。其中属于丁玲的有两封，不看则已，一看，不觉悲从中来，翻来覆去硬是难以割舍。幸已夜深人静，大家都休息了，便冒了加倍遭惩的危险，把稿纸铺于灯下，一字套一字地把它们偷抄了下来。为了保真，我甚至仿临了丁玲的签名。所谓"叛逆精神"，我身上向来稀有，这一回，要算是最大的例外了。

　　私人通信，不为宣传，最能见人肝胆，我们无妨用吹毛求疵的方法，潜心静气，仔细看看这个"大右派"是怎么说话的。前一封，写于1952年8月4日，我止在朝鲜战场上体验生活，因碰到一些困难，写信向她诉说。不久，就在火线的山洞子里，收到了这封信（为保存原貌起见，行文有误之处，亦一仍其旧。下同）——

光耀同志：

　　今天读了你的信，忍不住要同你谈谈。

　　你走后，我才读到你的文艺整风思想检查的发言。从那个发言中，我才知道在你的思想中存在着颇大的问题，就是你关心你的写作问题比关心政治生活（即生活的政治意义）多。因此你心中是空空洞洞的，并没有使你非写不可的东西，所以你就怎么也写不出，写不好，而且觉得无什么可写。看到发言后觉得你去朝鲜是对的，但觉得没有好好同你谈谈，很可惜。我就怕你去朝鲜也收获不了什么。许多人去了也是这样的。不过现在同你谈也不迟，当然会因为是写信的关系就谈得简单些。

第一，我劝你忘记你是一个作家。你曾写过一本不坏的书，你是一个文艺工作者，你忘记了，你就轻松得多。因为这就会使你觉得与人不同。这意思不是指骄傲，而是指负担太重。因为你发表过一本书，你就有读者，你的读者和朋友就要求你跟着写第二本更好的书。自然，他们的意思是不坏的，可是你却苦了，你怎么也写不出来，你焦急也没有用。我可以告诉你，读者又在慢慢忘记你，朋友的心也在冷了，这并不可怕，这就是说你可以不着急了，你可以慢慢来，你也可以把你的读者朋友忘掉，把那些好心思忘记掉，你专心去生活吧。当你在冀中的时候，你一点也没有想到要写小说，但当你写小说的时候，你的人物全出来了。那就是因为在那一段生活中你对生活是老实的，你与生活是一致的，你是在生活里边，在斗争里边，你不是观察生活，你不是旁观者，斗争的生活使你需要发表意见。所以你现在完全可以忘记你去生活是为了写作的，是为了你的读者朋友等等的想法。

第二，你不要着急任务。我们并没有加给你什么任务，你的任务是去生活，去好好改造自己，学习生活，学习做人，学习做一个好党员，一个有知识，有学问，有见解的好党员，一个有修养的党的文艺工作者。你曾经写过一本很好的书，这是非常可喜的事，但离一个作家，一个成熟作家还很差，现在还是首先从做人做党员着手，写是第二。你不要忘记，暂时写不出不要紧，怕的是永远写不好。

第三，暂时可以不回。中国文学史这一季，你已经没有学了；没有学就留在以后学。下一季是苏联文学，你如在朝鲜无法生活下去，就回来学，如有法生活下去，就暂时不回来，苏联文学也留在以后学。不过，如果的确生活不能深入下去，我以为就要回，免得在那里虚度光阴，以后再下去也是一样。生活中的方式、运动、变化是很多的，但也不是非死捏着不放，死捏着也不一定就懂得了。你可以按情况机动，也要有决断，不要从小处顾虑。

多理解人吧，不是为写作和人做朋友，是尊敬人、帮助人，是向党负责的去爱人、帮助人。努力克服思想中的个人意识。应该有热情，有雄心（做一个最好党员的雄心），能艰苦，能坚持。我对你的希望是很大的，愿你从细小的地方做起。你可以和那边的部队的负责同志去商量，要设法取得他们对你有切实的帮助。

祝你坚强努力！

丁玲　8月4日

第二封信写于1953年春。当时，中央文学研究所第一期学员正在结业，同学们即将各奔东西。丁玲当时在大连休养，写信回来向大家征求意见，希望就怎样才能把文研所办好，直言不讳地把意见提给她。我当时正面临工作去向的选择，对所里也有一些意见，顺势趁风，给她写了一封信，于是，便获得了这封回复——

光耀同志：

先祝贺你的结婚之喜。

你提的几点关于"所"的意见很对。我始终觉得我们搞了两年多，还没有造成一种蓬勃的、热情的、对生活、对艺术有无限倾心的气氛。因此也就是有斗争、有批评、又能爱人、又有很大愉快的情绪。一个搞文学事业的人，首先应该要求这个人是活的，而又是活得充实而又高尚的。苏联的作品很在这方面用工夫，马特洛索夫就是写这个英雄是怎样成为英雄的：是因为苏联的社会主义制度，是因为有那样多好人来养成了马特洛索夫有一颗高尚的心，他在哪里都是最好的，他在战场上去牺牲个人就来得一点也不突然。我们文学研究所始终还不能成为一个熔炉，现在情况是：大家都很好，相安无事最好，对个别调皮的人就束手无策了。为什么呢？我们整个的社会，"所"的社会气氛不够，一两个人去谈话批评是不行的，这些人不是怕谈话怕批评的人！只有把大部分人团结好了，大部分人都活得严肃、认真、有意义，那么，少数人就同化了。为什么没有做到呢？因为有许多原因，我们缺乏完全献身于"所"的创造的人太少了！我个人就受到很大的限制！这还不是指现在的几个负责人而说，这是包括了

　　　　　　　　昨夜西风凋碧树

全所的人，特别是学员而说的。但我是相信可以搞好的，天下事都是这样，只要有人就行，有共产党员就行。你的意见是很好的，这些经验我们要接受的。

其次是关于你的去留问题，我个人对你有这种看法：你有些好处，就是有些条件，可是也有些缺点，缺点是经历太少，文学底子不够。按我的看法，你最好留在"所"内，我已把这意见告诉田间、马烽他们。原因我觉得再打几年底子，生活底子，知识底子，再回部队去。可是，可能他们要求你回去。我以为你是否可以提出来，因为你去年没有学习，最好留下来补学（我也把这个意见说了的），田间他们再把你的意见转到部队去，再学一期后回去。田间他们有你的意见也许好同部队商量些。但如果不能的话，我建议你回冀中部队去工作。不做文艺工作，不属文化部。你可以写两部作品，为这两部作品做准备，第一部，写冀中的抗日历史小说，收集这方面的材料，像肖洛霍夫写《静静的顿河》一样。如果你有这个计划，将来文研所还可以支持你、帮助你的。第二部，写回家的军人在地方工作上，在农村里，在工业的开展上，如何起作用。战争不是永远的，建设才是我们的目的。像《幸福》《金星英雄》《收获》《库页岛的早晨》，都是写退伍军人如何从事建设工作。你回到冀中可以找到这种材料的。你看怎样？你到朝鲜只一年，看的方面少，给自己一些印象，一些启发，准备在你将来的作品中用的，写点短的散文是可以的，想从一些零碎的感受中写出著作来，有血有肉的人物来，那是不够的。你也不必为写不出着急。

　　总之，要努力！要夜以继日，贪心地去爱生活，爱人，爱文学，从各方面加强自己，提高自己的修养。做一个诚实的，像马特洛索夫式的青年！不管你在什么地方，如有需要我的时候，我会乐意地帮助你！

　　4月初我不能回来了！

　　敬礼！

丁玲　3.19

　　这就是丁玲！这就是罪该万死的"反党右派"丁玲！据揭发，写这二信的时间，正是丁玲闹"反党"最活跃、最疯狂之时。可我们许多自称响当当的铁杆"左派"们，写得出这样党性纯正又对党有深情的信来吗？尤为费解的是，把信没收了去，为什么搁置不用？为什么不汇报，不交流，不转达？当事人心中明白：方针已定，就是要把人打倒。凡不能打倒，不利于打倒的，概予不闻不问，不查不证，不理不睬，为什么？就为"按既定方针办"啊！"人民战争"就是这样的打法，欺谁乎？欺天乎？

　　最令人不解的是：在我"改正"之后，这两封信的原件仍不发还，我屡次申请、讨要，就是不给。答复是："已入文书档案，取出不便"云云。这使我越发糊涂，"改正"时给我说过，有关定罪材料已经由组织上销毁了，怎么又出个"文书档案"呢？它是干什么的？没有解释。既是档案，取出应该很便，怎么倒"不便"了呢？还有，丁玲的信放在那里，究竟要它起何种作用？倘有人要查对或研究点什么——包括她或我的什么"不轨"之类——还许把它们拿出来见见天日吗？

十、"花絮"（二）

尽管我性子严谨拘束，挨斗日子一长，也就发"皮"了，若把那些发言都记在心上，不仅太累、太烦，亦非做人之道。但要都略过去，又嫌粗率。还是让我们去粗取精，把些能起消闲醒脾、"以点带面"之用的花絮，记一些在下面。

头一个想到的是白桦。他当时风华正茂，倜傥风流，因出差没在创作室"鸣放"，自觉无"辫子"可揪；也由于"打态度"的经验尚未到达，他的发言便颇富超脱而轻松的意趣。他说了个故事，说在云南有个傍河而居的少数民族，家家靠水为生，人人水性出众，能在风波激流中日夜出没。怎么练就的这份水性呢？是孩子一生下来，当娘的就把他（或她）绑在木板上，放在河里，任其游荡漂流。日日年年，高强水性自然练成；以致长大以后，人问他（或她）的母亲是谁，他就说"是木板"。借此，白桦转向我说：你自小参军，党把你培养成作家，如今你却把木板当成了亲娘！

这故事，他说得动听而有文采，我虽并不认为自己是把木板当成了亲娘，故事的美丽，却使我至今不忘。

另一位是张桂，上校，年纪较大，品性憨直，有大好人之称。他在会上发言不多，斗樊斌和公刘的时候，都不记得他说过什么。这一次，不知是否要求"加温"之故，他一开口就很激动，整张脸都红通通的："你，徐光耀！一个穷人的孩子，十三岁当小鬼，在党培养下，你，你怎么，就，就——""哇"的一声，突然大哭起来，眼泪鼻涕齐出，抽噎得上气不接下气，一个字也说不出来了。这使我极为震骇。这么一个大老实人，竟气成这样，我可真真罪孽深重啊！当时，我很想像个老鼠一样钻到地下去。主持人见他久久说不出话，便劝他冷静冷静，由别人先说。然而，直到会终，他也没有再发言。此后多年，也一直未再见到他。我总在想，成年人的眼泪可不是很现成的，他那么痛哭，必有个道理吧？在他深心中，到底有什么块垒梗梗着呢？

再一位就要说到寒风。他是老二野，参战甚多，爱开玩笑，有点顽皮，也有点猛愣，是条生于易水的汉子。他的短篇《尹青春》，写长途行军中的艰苦，警句连珠，堪称一绝，很令我折服。可有一次他把我骂得很苦。那是斗我的后期，斗了一整天，临散会，虞棘忽给我一个根本无法完成的任务：明天上午，要交出一份完整的文字检查材料，就是说，把犯"错误"的全过程，所有事实、关系、思想根源和认识，完全写清上缴。我以前已交过几次这种材料，字数都在一万五至两万之间，现在时间只剩一夜，如何写得出？这分明是有意刁难和施压。我于是央求说：自被审查以来，一直吃不下饭，睡不着觉，连日开会反省，体力消耗太大，要一夜写这么长的材料，我就是不睡觉，也做不到的。希望多宽限一两天。谁知话刚说完，寒风便往起一站说："你吃不下饭，睡不着觉，体力消耗太大，谁叫你犯错误，谁叫你反党，活该！"

尽管斗"皮"了，这"活该"二字，还是"滋"地钻入鼻孔，狠酸了一下。战场上抓住了国民党汉奸，也不曾用这种字眼对待过他们。如今的我，真就糟到这种程度了吗？日后有许久，脑子里总被这两个字缠着。缠来缠去，竟想起一个传说。据传在疯人院里，所有疯子都绝不承认自己是疯子。若有谁被指为疯子，其他疯子就会扑上去一齐把他痛打，打得越凶，越证明自己不是疯子。寒风许久抓不到发言题目了，同情右派的帽子或许已悬在头上。他正心急火燎，来了机会，此时不发，还待何时？本质上也还是吓坏了啊。

为无言可发而发愁的，还有许多人，如胡可、杜烽，我们一块儿从华北军区调来，住同院，食同桌，上下班一起走，说不了解情况，当然推不过。但细听其发言，也真为他们痛苦，那真是嗳嚅呜哝，字斟句酌，又想词锋犀利，又要气势凶狠，又须不背良心，又须批判深透，"架势"之难拿，无以形容，只能说是令人哭笑不得了。

在这方面处理得较为"妥善"的，大约数黄宗江。他来自华东，正要求入党，也正追求阮若珊。他平日本来爱说话，一向滔滔不绝的，在斗我的时候，却是个"结巴"了。他发言的特色，往往是从自我挖苦开始，把自己批判够了，再转向目标。印象最深的是后来批斗沈默君。他先相当赤裸地批自己一通，然后才转口说："我不怎么样，我坏，你比我还坏！我小资产阶级思想，我自私自利，你呢，你还不配，这样的帽子给你戴，还是太小了……"这是黄宗江的聪明，即使在斗别人的时候，他的"疯子意识"也是清醒着的。

还有一位也许更加清醒，但他大智若愚，不大为人所注意，这便是画家黄胄。他那时在创作室美术组，军衔最低——少尉。每当开会，他都拣最不碍手脚的角落坐着，眼本来有些"眯"，胖胖的在那儿一闷，一副与世无争、自甘卑微的样子。但他知道，反右派，不发言是不得了的。于是在逢有较大空隙的时候，便用他十足的蠡县口音批判我说："凭你徐光耀，打小当八路，受党的教育不能算短，党把你拉扯这么大，也不容易。可你往丁玲那儿跑个什么劲儿呢？要说不恨你，你反开党了；要说恨你吧，心里又丝丝拉拉的……"这个发言，在当时看，太不成体统，明显是"心慈手软""右倾情绪"。但他军阶低，参军未久，似也"笨嘴拙舌"，大家便不予深究，包涵过去了。他很透亮的心，似也乐于利用这一"误差"。

然而，真正使我认识了黄胄的，还在几天之后。那是我又被长枪短剑狠斗了三小时，散下会来，正耳鸣眼晕地独自往家走的时候，不提防黄胄从背后拉住了我，拍拍肩膀说："光耀，上琉璃厂转转去呀？"

这太出乎意料了，鄙人正烈火烧身，"过关"之不暇，去那种雅人消闲的地方，不是开玩笑吗？别人看见，岂不更增加了我的罪恶？便说："不去。"但他拉住我不放："嗨，你一个人回家有什么事儿？走走，跟我看看画儿去，懂点儿美术，对你写作也有好处。"我仍是辗转挣扎，连说："不去。"他却硬不松手，一劲儿再劝再说。我这才明白，哪是什么"看画儿"，分明是见我淹进脏水沟，日渐沉溺，要拉我上岸罢了。他这样做，是要冒"同情反党分子"的大风险的。我不由得心上一翻，也燃起"丝丝拉拉"的火热，便任他拉进了琉璃厂。

那时的琉璃厂，除了荣宝斋，还有多家公私合营画店，四壁所悬，净是名家，尚有不少明清佳作。但我于画一窍不通，看不出门道。黄胄便指指点点，给我解说，还一力撺掇我："买一张，买一张！搁着稿费又不下崽儿，画是陶冶性情的……"我很理解，这"陶冶性情"四字，正是他拉我来此的隐隐深心啊。

也算是盛情难却吧，我终于买了一幅齐白石的《群虾》。当夹着画轴回到家时，心中确已有了云开雨霁的幻觉。再看那水藻丛中，一群小生命活泼泼地自在游动，心神也就暂时飞离了风暴中心……

日后，在"生活像泥河一样流"的悠长岁月中，赏画，竟成了我的业余兴趣，也是让我活下来的未可小瞧的支柱。革命二十年，我按照党的教导，一贯只讲公心和忠心，不肯讲私情。这一回，却是黄胄的"私情"，使我懂得了：绘画，原来还有济世救人的一项功能，可使人脱离苦海的。黄胄与我同庚，都生在 1925 年，他竟先我归西，这又是老天的不公了。

最后，要点到黎白。他是我的联大同学，生于中国最显赫的知识分子家庭，参加过地下斗争。他眼界开阔，年轻气盛，有识有胆，勇于任事；可也爱"多事"，敢在斗争会上跟"左派"拍桌子，曾坚持说，沈默君其人，宁可叫"坏分子"，也不应定成"右派"。1956 年年底，他忽发奇想，要参加有关王林《腹地》的那场"战争"，为文反驳侯金镜在《文艺报》上对陈企霞的批评。文章相当长，警句有："金镜同志拿着企图刺穿教条主义的长矛，却没有找准真正的对手。"我和另一同学李兴华都看过，并表示基本同意。然而，文章未及出笼，反右派来了，创作室赶忙把文章抓住，将我和李兴华的短简附在后面，复印成册，发给大家。在斗黎白时，就有了这么个说法，说黎白我们三个，互相勾结，自动发难，形成配合陈企霞向党进攻的一翼。其实，今天重读黎白这篇文章，无论是态度的认真、作品分析的仔细、学术探讨的严谨，都很值得某些十分"潇洒"、专为卖钱，或"过把瘾"的"评论家们"仿效的。可是，斗到最后，竟同说俏皮话的寒风一起，弄了个"留察两年"。之所以没有戴"帽"，或许是沾了敢拍桌子的光。可见"天道"也有出格的时候，难于一概而论的。

现在让我们板正面孔，再回到战场中心来。

十一、定　命

忝列"重点"的我，从8月斗到10月，仍未结束。当然，在我之后，还"花插"着斗了黎白、沈默君、白桦、吴占一等人。美术组因为发现了艾炎、何孔德等人也在反党，分出去单独斗去了。艾炎当时我不熟，后来在农场一块儿"改造"，接触渐多，才知道他的冤案"纯粹"得奇怪。但是，竟无人敢一伸手指为他"翻案"，致使这位文天祥的嫡传子孙，在左权将军牺牲的战斗中纵身跳崖的壮士，也跟着我们苦海翻腾二十二年。

一次次"坦白交代"，一次次"深挖狠批"，所得结果，总是"不坦白""不老实""继续对抗""坚持反动立场""不肯向党彻底投降"……祖宗三代、亲戚朋友、社会关系、历史表现(当然专找坏的),都翻得底儿朝天了,还不行,怎么办呢?真是心急如焚啊。有一天,实感无路可走,便鼓鼓勇气,找到胡可,请求给我个好好的帮助,指示我"怎样才能把自己挖深挖透"。谁知胡可把手一甩,悄悄着急说:"我帮你?我还有八条呢!"

这不但出我意料,也大感诧异,忙问:"你?你怎么会有八条?"

胡可伸着指头,一项项数给我听。果然,若真把这八条一亮,按当时"标准",他也真就没逃儿了。譬如,八条之一,"鸣放"时,有人说,《解放军文艺》没有什么人爱看,不如交给地方去办。胡可曾表示,这意见并非不可以考虑。之二,虞棘下过"死命令"之后,胡可也写了"鸣放"文章,投给《解放军文艺》。但6月8日《人民日报》社论一出,杂志社把他同魏巍的稿撤了。但创作室仍将该二稿的清样翻印,并每人发一份,其中当然有"反党言论"。之三,"鸣放"时有人提到,什么地方有人正议论"同仁刊物",我们是否也探讨探讨。胡可也说,这倒不失为一条思路。之四,又是在"鸣放"会上,胡可曾说,何直(即秦兆阳)的文章《现实主义——广阔的道路》,是认真下过功夫的,这样的文章不多见。过不几天,秦兆阳就在报上"点名"了,同意他,自然是呼应右派,大罪一桩……可惜事隔四十多年,"八条"仅记得这么多了。但就是这么多,不告便罢,若有人一"捅",则反对党办军队报刊,主张"同仁刊物",攻击党的文艺政策,与地方右派内外呼应等罪名一加,也就难逃"法网"。

胡可正心神不定，自身难保，我还怎能死死缠他？只得快快而回。回屋细想，胡可的天性不能与艾青相比，艾青洒脱灵通，可以满不在乎，胡可却是精严谨细的，有这八条压着，必然日日夜夜翻肠绞肚，陷入巨大煎熬之中。如此下去，他会熬个什么结果出来呢？这种感染来的担忧，在脑子里反反复复，忽想到一个传说，不禁另有所悟。据说，某些领导人有一套带干部的"绝活儿"，方法是：先把干部当根大葱叶子狠命揉搓，直到揉去所有筋骨，变成"提起来一条，放下去一摊"，柔若鼻涕，然后再往葱管里吹口气，使他蛮精神地"支棱"起来，那么，这个干部就很好使唤了。在挨斗初期，我也曾想到过这一"绝活儿"，但在饱尝被"围歼"的滋味之后，尤其见到胡可的目前情状，才又有了新的觉悟：我固然被揉搓得差不多了，可揉搓我的人们，何尝不也在"被揉搓"？我自然没了筋骨，而别人的筋骨，还在正常地保持着吗？所以，整人必须用"运动"的法子，"运动"来，"运动"去，那相关效应就自然加倍翻番，真正是"让全国人民都受到教育"！也许你日后仍能"蛮精神地支棱着"，可脊椎骨呢？还在原处直着吗？

　　在斗争会上始终严肃认真，很是敬业的，印象中有位陈亚丁，他是总政文化部副部长，大校，分工在创作室"蹲点"，绝大部分会都参加的。他讲起话来也很严肃，但因身份关系，轻易不开口，开口也只出题目让你答，他不作结论，如：你的问题是不是很严重？为什么很严重？是否把背后的活动都揭露出来了？还有哪些不敢见阳光的？与党的关系怎样？只某些问题有矛盾，还是经常有矛盾？文艺上你要求绝对自由，不要党干涉，那要谁干涉？……明眼人一看就懂，这些问题都是有答案的，所以还提，若不是猫对耗子的"逗弄"，就是心存城府，以防言多有失、失足落水了。此人曾名列"四人文章"事件，刚挨过批，可能还"心有余悸"，但后来在"文革"中不知怎么"很来劲"，在军队中附和"放火烧荒"，颇"走红"了一阵子，却又不明不暗地隐没了，至今不见踪影。

陈亚丁提的问题虽叫人难受，毕竟还有回旋余地。相形之下，魏巍便要直接而正面得多了。魏巍那时是我们创作室副主任，发表《谁是最可爱的人》已三四年，在室里声名显赫，很为大家敬重。在文联大楼会议上，曾代表十七位部队作家"讨伐"丁、陈。他在多次发言中，有两次给我震动最大：一是批判我的《海阔凭鱼跃》。我原文中有一句说："任何人（包括共产党员）都可以用他认为最好的任何创作方法去进行创作。"魏巍在发言中针对这一句说："你把党像破鞋子一样扔掉了。"我听了真吓一跳，心想，如果中宣部部长陆定一在座，也会发毛吧？因为我这句话，原本抄自陆定一的《百家争鸣，百花齐放》，只是为了强调一下，加一括弧并其中六字而已。我以为，共产党员是不应排除在"任何人"之外的。所以，比较起来，《徐光耀的修正主义思想》一文的两位作者就慎重多了，她们批前批后，批左批右，扣我"绝对自由化"的帽子，就是不肯把这句话拉出来示众。

魏巍批我的另一次，是说我在杨成武兵团时，提倡"鸡抡太主义"，并解释说："这是一种极为反动、极为腐朽、极为可耻的主义！"这简直是掀天揭地之文，我当时就出了一身冷汗，我真是罪该万死了！不得不进行垂死挣扎式的剖白。大约终是靠了真实，侥幸没有再被追究。

到了 1957 年 11 月 2 日，当是"梳辫子"阶段了，魏巍又有一次发言，分量甚重，系统性、权威性、结论性十分明显，是经过充分研究、准备的。原话较长，只能提纲撮要，录其大概，以见一斑。

他开头就说要彻底弄清我的两个问题：一、"是不是反党？吞吞吐吐地承认是不能解决问题的。"二、"与丁、陈反党集团的关系，是不是偶然的？"他逐条分析，说我在"检查"中只一味侧重与丁、陈的关系，虽然重要，但很不全面，应该联系历史上的问题全面检查。丁、陈问题"只是你的问题的总爆发"。又说，"畏惧"反党帽子是没有用的，结论不会按你的愿望去做，越不觉悟，越需要搞透。不搞透，便会觉得冤枉。冤枉，会成为一个消极因素存在你脑子里，这不利于改造。丁、陈集团如果在 1955 年搞透，他们就不会又在今年犯错误了。又说，你至今还想保持自尊心，吴祖光的小家族内部是没有自尊心的，你的自尊心，只说明你和党还有很大距离，反骨还没有彻底击碎。

下面，进入"反党是否偶然"的正题。

在丁、陈反党集团问题上你当然是反党的："四大件"（即给作协党组的信，《海阔凭鱼跃》，给陈企霞七百元，把第二笔钱隐瞒等四件罪行——笔者）只是表现形式，不是最重要的。问题的实质是你内心的情感，从情感上早已是丁、陈的走卒了。反党不反党，有一个明显的比较，比较一下党和丁、陈之间，你是站在哪一边的，心中有党还是无党，是丁、陈近还是党近，事情就很清楚了。比如给陈企霞送钱，为什么不征求一下同志们的意见？支部问你，还隐瞒一笔，这还不是心中无党？给党组的辩正书最严重，你真有党的观念，为什么不反复思考？为什么没有充分把握的东西就否定？这还不是张狂地向党进攻吗?!

你心中无党，是否有丁、陈呢？给丁玲的母亲送花圈（我没有给丁玲的母亲送过花圈，此话不知从何而来——笔者），那情感之深、观念之深，不得了！你把对丁、陈的忠心来对党，可就要打八十分了。可惜，你心目中的丁、陈就是党，是你具体的党，你的上帝，你希望的寄托。卖身投靠是最可耻的！所以，你做个党员就很成问题了。

联系当时的背景，今天重温这个发言，无论从哪个角度说，它都是严肃认真的、深刻的、严正的，也是最革命的。就内容，就态度，就逻辑方法，就其哲学高度和整体意义看，都折射着那个特定时代的特有风貌，很值得后世子孙受用和借鉴。若视为"胡乱骂人"，那就太轻率了。

尤其值得注意的是最后这句话，措辞相当谨慎，透着欲说服旁人的商量语气，但含意明确，就是要开除我的党籍。我的命运，大概此时已然注定了。

概括我全部罪行的"四大件"，赫然居其首的仍是给作协党组的那封信（魏巍称之为"辩正书"，大约是跟丁玲向中央告状时附的"辩正材料"归到一堆去了）。为这信，我曾屡屡奇怪，斗了几个月，发言如此之火，却没有一个人拿它进行条分缕析的批判。但凡提起，只当成"张狂向党进攻"的证据，一句带过，从不说它错在哪儿了。连魏巍也只说"不反复思考"，"没有充分把握的东西就否定"，更无其他。相比之下，倒是《海阔凭鱼跃》屡遭鞭挞，颠来倒去从中找我的立场、观点、世界观。最后在报刊"点名"了，它仍是唯一的靶子，其余"三大件"，竟无一字提及。老实说，我私心对此很觉不公，为什么不把我的全部罪状都拿出来？把它们通通"亮在阳光下"有什么不好？干什么把本来的"四件"藏起"三件"？特别令人费解的是：定我"右派"的主要罪名，是"给丁玲翻案"，而拿到社会上去批判搞臭时（报刊"点名"），又说我是"修正主义思想"，到底哪个对呢？——当然，这只是一时的闪念，从8月斗到11月，连我练就的"皮"也已瘫软，哪还能想个究竟啊。

事情终于到了"头"，在我又交出一大本子"自我检查与交代"之后，会上宣布：从即日起，徐光耀还要继续检查，继续反省，想起新的问题，随时向党交代。无事不要出门，需出门时要向党小组长请假。阿弥陀佛！这就是说，我已被"斗熟"，"挂起来"了。

回到家里，一头栽在枕上，只感到一阵彻头彻尾彻里彻外的疲乏，浑身上下，像是一摊烂泥。我这才知道，原来自己是如此的脆弱。

十二、意外的"苦果"

"挂起来"的滋味，原先想，总比挨斗轻松一点吧。开头两天，倒还可以这么说，但时间一长，那份入骨钻心的煎熬，是常人绝难领略的。我三十二岁，正血气方刚，参军入党，都已二十年。二十年中，无一日一时是没有任务可干的。哪怕站在生死交接线上，都在为肩上的任务而奋斗；精神和思想，就在这追求中保持平衡和奋进，从不知什么叫作失落感。这次可不同了。所谓"继续检查"，只是把你"闲"起来的托词。"扫穴犁庭"几个月，底儿早朝天了，哪还有什么"检查"要"继续"？不给任务，不准出门，无会可开，无话可谈，不能交往，更不能去娱乐场所，就这么"闲"啊，"闲"啊，"闲"你个百无聊赖。

为免涉嫌其他，最好的法子是读书。于是读啊读，读过今天是明天，读过旧年是新年，到1958年新春了，妻子大学毕业，被分去河北保定。大女儿由她带走，交岳母去抚养。二女儿不满周岁，由保姆王阿姨代管。这个小孽障很"闹"，虽也能造出些乐趣，却无论如何不能替我分心。书，读了一大堆，字，数了万亿行，却把脾气读得越来越躁，越来越坏。屋里的东西全成了"仇敌"，看见椅子也想踹它一脚。忽听说，一起挨斗的人已有"处理"了的，便去问党小组长胡可，我怎么样了？胡可特别沉得住气，说，别着急，安心学习吧，有了准信儿，一定告诉你。

受心里一串又一串疙瘩的缠磨，脑子里的"战斗"越来越激烈：我反党？可真要把党反倒了，我往哪儿去呢？蒋介石回来，不就是专拣我这号儿的杀吗？……丁玲本事大，把党反倒了，她能当主席？她能指挥全国？……渐渐地，饭也吃不下，觉也睡不着，一度小有恢复的体力，又加速度地消损下去。再也憋不住了，又去问胡可，可胡可仍是那两句话。我想到了抗战初期的锄奸科，那时对付狡猾的犯人，曾用过"熬鹰"的法子：让犯人坐在一根棍子上，也管吃，也管喝，就是不让睡觉。四十八小时过去，犯人会从棍子上掉下来。当重往棍子上架他的时候，他在你手上就睡着了，那情景，历历在目。现在，要把我熬到几时呢？在焦躁到顶点时，我曾小声对自己喊："枪毙我算了，省得慢慢熬死！"后来《小兵张嘎》上有句台词："在这儿，都快把我憋炸了！"来源就在此时。

终于熬出两件很可怕的事。一是，当我把十二大本的《莎士比亚戏剧集》全部读完，想回忆一下书的内容、总结几条收获的时候，发生了大怪事：十二大本，几十出戏，我竟一个字也忆不出！连人们常说的莎翁最高成就"四大悲剧"，也是一片茫然。这一骇真是非同小可！我的脑子呢？脑子哪儿去了？我到底怎么了？

正自焦虑狐疑，叉手在门后望着院子发痴的时候，我的小女儿蹒跚着走来了。她刚学会走路，想是来找我玩儿玩儿的。但我隔着玻璃却恨恨地想：我正不知死活，你还来添乱！岂不真是个催命鬼吗？正当她伸手抓门时，就听我一声大吼："滚！"她抬头见我那张狰狞的脸，唬得回身就逃。她，两只小手扬着，趺趺撞撞，失魂落魄，最后跌在对面的台阶上……

我盯着这一切，忽地热泪盈眶。我想，我必是疯了，怎么会做出这样的事来呢？

"疯了？"使我又一骇。我跌回椅子，第一个念头就是：如果疯了，就不如死掉。死掉，妻子儿女彻底解放，可自去谋生；而疯了，就会粘连牵累她们一辈子，既失劳动能力，又要给家人、朋友、街坊，甚至派出所，增加没完没了的负担。受人民白白供养，却到处惹是生非，让恶人和顽童像猴儿似的耍笑，那实在太可怕了！

昏茫茫，只觉眼前一片漆黑……

忽又想，能不能找个解脱呢？死，简单得很，方法有的是，真心寻死，没有人能阻止得住。剩下的问题是能否治疯，绝不能去疯人院，那等于已经死了。还有别的法子吗？突然，我想到了前年读过的译自苏联的《普通心理学》，上面曾提到：人在经历巨大打击和挫折的时候，神经不能承受超负荷的压力，有可能发生精神分裂症。在这关键时刻，人要控制自己，不然的话，后果是不堪设想的。我当时读到这里，觉得好玩儿，就特别留心了一下控制的法子，于是记住了八个字："集中精力，转移方向。"

就是这个"八字方法"，使我看到了曙光：如果心里老为"把党反倒，我往哪儿去"打仗，就会越陷越深，无法拔救。只有把全部思虑投放到一个新的焦点上，才能从火坑里逃离出来。可这个新焦点在哪儿呢？读书？已证明全无用处，看戏看电影如何？以戴罪之身去溺于娱乐，岂非更是"跟党对抗"？逗孩子？找朋友？……都不能拴住我的心，也不现实。其实我很清楚，最有效的"集中精力"便是创作。但这个念头刚一冒头就被否决了，这是什么时候，什么年月，怎能写文章？

又熬了三两天，再三搜索枯肠，依然毫无结果。晚上，盯着灯光又想：自杀，不也是死吗？写文章，一口血喷在桌子上，也是死。过去搞创作，总嫌时间不够，总嫌开会、学习，干扰太多。现在，大块儿时间摆在面前，又有极其难得的寂静，你不写，是没有出息，自甘堕落，谁又干涉你来呢？这样一想，眼前灯光忽然变大，心里喊：干！

决心既下，第一步是先找题材。给自己定个规矩：不管写啥，一定要轻松愉快，能逗自己乐的，至少能使眼下的沉重暂时放松。我虽压着一堆写合作化的草稿，但它艰巨繁难，问题成山，很不合理想。再一转念，就想到了《平原烈火》，其中有个小鬼"瞪眼虎"，出场时，曾是挺活跃的，可后来被主角挤到一边去，没啥事可干，最后只得蔫儿不唧地结束。一位老战友看了批评说："你怎么把个挺可爱的孩子写丢了呢？"

那好吧，现在就把他抓回来吧，能逗我笑的就是他。

于是我大敞心扉，把平生所见所闻、所知所得的"嘎人嘎事"，广撒大网，尽力搜寻，桌上放张纸，想起一点记一点，忆起一条记一条，大嘎子、小嘎子、新嘎子、老嘎子，尽都蹦蹦跳跳，奔涌而至。由于我不喜欢自己性情的老实刻板，从幼年便把嘎子当作楷模，注意多，观察多，交往多，"嘎相"储藏也相对较多，尤其抗日时那些嘎不溜丢的小八路们，竟伴着硝烟战火，笑眯眯地争先赶来。不多几天，那具有情节功能的嘎人嘎事，竟拉成一个长长的单子。我把单子从头细看，加以去粗取精、编排调整，一个嘎眉嘎眼的嘎子形象，便站在眼前了。啊，我的孩子！啊，我的救命恩人！在紧要关节时刻，

　　　　　　　　　　昨夜西风凋碧树

你真的来了呀!

再没什么可迟疑的了。稿纸铺开,心神收拢,开始描画。为怕组织上怪我又不"老实",连胡可、杜烽也一律保密。但我写的是电影,而非小说,原因很简单,写小说必须细抠语言,一字不妥,心下生腻,多处不妥,读者会半途把你甩了。而细抠则须下细功夫,太累人,当时的体力已经担不动。而写电影呢,语言粗糙些关系不大,导演能看懂就成。对话虽要求精彩,却又越少越好,这就省劲多了。总之,写作目的是"集中精力,转移方向",能把我拉入写作就好。

感谢苍天,感谢捷普洛夫的"八字方法",写作一开始,情绪就变了。各路英雄纷至沓来,抗日烽火燃遍大地,化装袭击,狭路埋伏,端楼打点,越墙掏窝,一派神出鬼没、灵动壮美的活跃景象布满眼前,它们所引起的激情,是可以压倒一切灾难的。老实说,在敌人占绝对优势的环境下,我们坚持武装抗战的整个斗争,就是一场嘎子式的游戏,斗心机,斗智慧,斗谋略,斗谁的"鬼点子"多,这正是我们"小米加步枪"却终能克敌制胜的法宝。写嘎子,无须发愁生活的枯竭,抗战史实,永远是取之不尽的源泉。所以,一开始写就相当顺利。由于思想和情感的激扬和专注,心境也似又上了当年的战场,连睡梦中也枪炮轰鸣,杀声震耳,什么"反党"啊,早抛到九霄云外去了。食量于是增加,睡眠于是安稳,眼里消灭了"金花",红润又回到脸上,写到高兴处,甚至情不自禁地手舞足蹈,在屋里飘飘然旋转起来,简直忽然之间又变成另一个"疯子"了。

若深究一下,是什么力量使我顺利地"转移方向"了呢?简单说,就是战争中的党和战争中的老乡啊。抗日战争长达八年，日寇不但占有特别巨大的优势，也格外残暴凶狠，对剿灭共产党是始终竭尽全力的，可谓无所不用其极。在那种局面下坚持斗争，真是苦极了，险极了，残酷极了，千千万万的先烈，把尸骨铺在大地，血流成河；可活着的人，照旧"把脑袋掖在腰里"，迎着雷暴，拼死冲杀，没有一个是为升官，为发财的。老乡们看在眼里，感在心里，他们才肯，也才敢不怕烧房砸锅，不怕妻离子散，亲你，爱你，舍生忘死地支持你，保护你。如果不是这样的好党，老百姓只要向你一闭眼，日本鬼子的铁扫帚马上就会把你扫个精光，连芽儿也冒不出来。而处在那等恶劣的环境中，战士们仍能意气风发，豪情满怀，活得理直气壮，就凭着那点忠心、那点信仰、那点正义感和一派浩然正气啊！

当然，那时偶尔也有老百姓骂共产党的。可这些骂，能极快地上达高层领导。当时的决策者们，不是忙于抓人惩办，而是先检讨自己，查询根源，找出群众之所以不满的原因，坚决下令纠正错误。被人传为美谈的"精兵简政""大生产运动"，不就是这么产生的吗？而真正打动群众之心，换得他们挚爱的，就在这些地方啊。历史推移，千百沧桑，真理只有一条：只有真正的军民鱼水情，才有人民的更无私、战士的更英勇。而两者映照激发，才形成如虹正气，遍地英雄。

说到英雄，我在朝鲜战场碰到一位营教导员，抗日时认识的，他问我："你干什么来了？"我答："采访英雄来了。"他听了，长叹一声说："真正的英雄全死光了，剩下些半英雄不英雄的，成了英雄！"是的，这话我很理解，冲在最前头的，总是最先中弹啊。久于沙场的人，谁不承认这是真理呢？可那最英雄的千万先烈的骨殖，早已化为泥土，除个别幸运者外，谁还记得他们呢？但他们的精神还活着，他们创下的业绩和优良传统还活着，这个传统，可以使一个党在危难中起死回生，是伟大中华民族的真正的精魂！

我又"回到了"抗日战场，精神和情绪一下子都"拔"起来了。于是就"忘"掉了眼前的一切。尽管断言我八十分的忠心已出卖给了丁、陈，可七八万字的《小兵张嘎》，能从其中找出"反党"的影子，或者挨整右派的影子来吗？这可不是葱管里吹了气，是先烈们的英灵在敲震着我的良心和神经啊！

顺利的写作，忽在中途碰上技术性的"拦路虎"：在"嘎子"坐了禁闭之后怎么出来的问题上卡了壳。按常规，这地方必有一套思想政治工作，道理不仅要让"嘎子"服，思想上还得有新提高。而"嘎子"是不轻易服人的，话不入耳就会辩论，如在电影上开起辩论会来，这戏就没法看了。我是个急性子，仅仅憋了两天，便灰心了：电影这东西咱没搞过，又不曾受过训练，"行行不是力巴干"，何苦来呢？还是回过头来写我的小说吧。

这时体力已有相当恢复，觉得可以在语言上下功夫了，于是搁下电影写小说，毕竟有点底子，居然一鼓作气，一月之间把小说拿下来了。起初题名《小侦察员》，总感不顺，最后定名为《小兵张嘎》。

小说写完，再拿起"电影"看看，觉得就按小说的路数往下"榜"，也可勉强成戏。于是电影剧本也在以后的十多天中完成。"撇斜"一点说，也可叫作一箭双雕了。

关于创作方法，似也值得说几句：过来人当记得，当时文坛，到处是禁忌，凡执笔为文的，无不战战兢兢，何况反右一来，文网大张，人人动辄得咎，胆战魂飞。但我反正已经"头朝下"了，写作只为自救，不为应时，还管那些禁忌干什么！唯有联大老师肖殷的一段话，始终是我注意追求的。他说，文学的最终目的是写人，写人的性格。性格，由个性和共性两者组成，而共性是通过个性（但非外贴）表现出来的。因他说的是"最终目的"，脑子里曾连转几弯，所以印象较深。现在写"嘎子"，抓个性成了我方法上的头等大事，即：凡符合"嘎子"个性的，就拼命强化、突出；凡与"嘎子"个性无关的，戏再好，也予割弃，即或"冲犯"了什么，亦在所不惜。这一条看似简单，但从效果衡量，恐怕还算说得通的。

十三、不是结束

把两个"嘎子"抄清，装订成册，已是 1958 年的五六月间。心中颇为高兴，便又问胡可有无消息。胡可依然说，别急，别急，耐心等着吧。其实我内心已经不急了，既然能写东西，拖就拖吧，拖得越长才越好。我回到屋子，开始谋划酝酿已久的大长篇。实在说，写这个长篇是我此生最大的野心，最后的梦想。我想写一个农民，从抗战当兵开始，经历三场残酷激烈的战争，最后成长为一名将军的故事。题目老早就定下来了：《将军向我们走来》。

我以为，中国革命之取得胜利，主要是靠党领导下的武装斗争，而在几十年的奋斗中，武装起来的农民起了中坚作用，尽管牺牲了千千万万，风波险恶，道路曲折，但确乎锻炼出一大批人才。而这些人才，即使在建国之后，依然是国家各条战线上的骨干和"拳头"。就是说，写一个从农民到将军的成长过程，也就大体概括了当代历史的主要风貌。我自己亲历了抗日、解放、抗美援朝三场战争，时代背景是熟悉的，对连、营、团、师、军各级指战员，有相当程度的接触与了解，心中藏着不少英雄的动人形象，把他们用心组织，精雕细刻，自信可以塑出典型。是的，也许我承担不起这样的重大题材，但每一想及它的史诗性、丰富性和它含有的重大意义，总不免雄心勃勃，激动不已，觉得果真此生能把它拿下来，是可以死而瞑目的了。现在，《张嘎》已完成，锋芒小试，感觉尚好；胡可又叫"耐心"，大块儿时间似乎还有，此时不干，更待何时呢？

用三天时间拉了个粗疏的提纲，为尽速投入，决定先开始，后细磨。开笔之后，依然保持着《张嘎》的势头。然而，雄心也就勃勃了十来天，小憩时翻看《人民日报》，忽见《解放军文艺》第6期广告上，赫然一条标题：《徐光耀的修正主义思想》。头上轰地一个炸雷：啊，报刊"点名"了！

那么，我已经是"右派"了？已经成"敌人"了？

急急推开案上的一切，跑上街去找这份刊物。一面昏昏然想，"修正主义"？这不是内定扣给赫鲁晓夫的帽子吗？斗我的时候，没有谁这么扣过我呀？！怎么又跟赫鲁晓夫弄到一块儿去了呢？……跑遍了大小报摊和邮局，都说该刊尚未到。又等了好几天，刊物来了，却又怪，从头翻到底，没有这篇文章，撤掉了！为什么撤掉？一时又坠入五里雾中。"将军"不但没向我"走来"，趁此机会，他也逃之夭夭了。

正自神不守舍，文书夏信荣送来6月份的工资，打开纸袋点数，削去一大半，从原来的二百一十元变成了九十九元。

把两件事加起来去问胡可。胡可显得很尴尬，嗫嚅着说他也不知道怎么了，"可能是行政科他们，弄错了吧——你别急，等我去问问看。"

等了一星期，不见消息，再等一星期，毫无动静。一日三餐，都与胡可、杜烽同桌而食，他们一个支书，一个党小组长，消息竟打听不来，我也就知道：不能再问了，他们是没有办法解释的。

心中大乱，"八字方法"也失灵，我必须面对全新的"现实"了。人往哪儿去？家庭怎么办？孩子往哪儿安插？……特别糟心的是那则广告，它覆盖全国，我父亲、我姐姐、我妹妹，都可能看见，而他们都是追随党多年的铁杆红人，都曾为有我这么个亲人自豪过。尤其是我姐姐，我最怕最怕是让她知道，自四岁失去母亲之后，是她把我拉扯大的，也是她最先支持我当八路的，一向把我的荣辱看成她的荣辱。这可好，眨眼之间，我变成了一个可耻的"右派"，一个"反革命"，一个"不齿于人类的狗屎堆"！她将怎么"迎接"这个消息呢？（后来正式消息到达，她果然一下昏厥四个小时，落了一身大病。）

大约因为"疯"过一次了，有了免疫力，尽管心乱如麻，倒还能稳住。人在无可奈何之时，也就"死猪不怕开水烫"了。又等了三四个星期，依然没有动静。为招惹点什么以欺骗自己，便把电影剧本拿给黄宗江看，请他提提意见。黄看了，带着满脸怜悯，说："写得不错，提不出意见。"因见我十分狐疑，又补充说，"真的，不骗你，可以说在水平线之上。"其实即使是"真的"，我也没有心思去丈量他含意的深浅了。

不断去转转琉璃厂，打算让齐白石徐悲鸿们帮我打发那无尽的岁月。《将军向我们走来》已收进抽屉，喊杀连天的腾腾烈火，早告熄灭，谁知日后还有机会拾起它来吗？——唉，在此后的年月里，我还真有两次机会重新写它：一次是在1963年，好不容易请了三个月假，刚写了两万字，保定发了特大洪水，过后，被市委书记点名调出，命令写抗洪救灾的大型剧本。这一写，就写到了"文化大革命"，红卫兵一来，一切"砸烂"。第二次是1973年，"造反"进入武斗高潮，我无资格参与武斗，刚刚趁"逍遥"时期再次动笔，谁知"红色政权"诞生了，又命令我去写"本市的革命样板戏"，大块时间又被剥夺。在进入新时期的前二年，也是个机会，但文坛上"新潮"涌起，花样翻新，令人眼花缭乱。某出版社编辑当面对我说："写战争？现在谁看那个？"心下犹疑，蹉跎两年，忽地当起官来，于是加速度地跌入老年，只剩下徒唤奈何的力气了。命运啊命运，你是多么的无情与暴虐！

等到1958年的9月25日，"结果"终于来了。支部书记杜烽和支委周洁夫，进了我的屋子，很严肃，有点儿想笑，可又轻松不起来，也有点儿惶恐，却又不得不硬撑着。他们没有寒暄，代表组织出示两份文件，说："你的问题，党委已经作了决定，都在文件上。你要同意呢，就在上头签个字；不同意呢，也可以提出上告。"我拿起第一份文件，是总政机关党委的"决定"，文曰："由于徐光耀反党反人民反社会主义，定为资产阶级右派分子，开除党籍，开除军籍，剥夺军衔，降职降薪（降为行政十七级），转地方另行分配工作。"干净利落，无其他说明。第二份文件是军事法庭的军法"判决书"，除没有"开除党籍"一句外，其余完全相同。

心上怦怦一阵乱跳，只觉大地忽然开裂，我像块石头一样往下沉坠，听得见"唰唰"的声音。还没有沉到底，忽有了第一个反应：啊，"判决书"！在六年锄奸工作中，我写过不少"判决书"，那都是给别人定罪的，想不到当兵入党二十年，自己也上了"判决书"了！一个地地道道"法定"的罪犯！……

我还是向杜、周提了一个问题："文件上只说'反党反人民反社会主义'，没有具体事实（我过去写"判决书"是要把全部犯罪事实都写上去的），定我右派，到底是根据什么呢？"回答是意外的巧妙，一句话就把我堵死了："就根据你的'自我检查'啊。"是的，千真万确，是我自己写上了"反党"的，是自己把脖子伸进了绳套，白纸黑字，还有何言？这才是真真正正的活该！他二位见我愣在茫然中，又补充一句："主要的，是你给丁玲翻案，是那封信——"幸亏有这个补充，使我知道了犯罪由头。

后来在保定，大街上碰到一位已经很熟的业余工人作者。他劈头问："老徐，听说是你自个儿花了八百块钱买了顶右派帽子戴，是真的吗？"我笑笑，想纠正他"八百"是七百之误，又一想不对，他"胡说"可以，我跟着"胡说"就该倒霉了，忙说："恐怕是瞎传。我戴'帽子'，是因为给丁玲翻案。"这个回答，就是对准的官方口径。

他二人又重复提醒："你不同意，可以上告。"我立即坚决回答："不，我不上告，我同意。"党章不顾，宪法不顾，事实不顾，根本不讲道理，我上告，找着再抹我三级吗？

两眼一阵发黑，我拉过文件，往上签名。又听到一个朦朦胧胧的声音，像是劝告："你不要抱幻想，这次运动有规定，一律不准搞复查、甄别，定了就是定了，不许动！这是真的。"即使在朦胧中，我也认为这不可能。我当共产党员二十年，党向来"有错必纠"，怎会兴出这么反常情的规定呢？于是根本不予理睬。

然而，这竟是铁的事实。二十二年确乎无人敢动，便是见证。也可见他二人的话是有文件根据的。事情既已开头，有其一必有其二，刚刚翻过年来，这一招就又用在了彭（德怀）黄（克诚）张（闻天）周（小舟）身上。稍后的刘少奇，是被"永远开除出党"的。我当年多么天真啊！

我又问："需要上缴什么东西？"我预计会没收校官礼服和"独立自由"及"解放"两枚勋章。那礼服的领口袖口，都绣有华丽的金边，灿烂耀眼，右派是绝不可以上身的。然而只收了肩章领章和武装带，其他给留下了。至于去向，他们说，我会被"分配"去保定。这使我很感安慰，不去"北大荒"或团泊洼，却发往保定，我妻子、岳母、大女儿，都在那里，可以互为依傍。对一个"发配"的人来说，很算得上是优厚的了。

但是，接着又一个晴天霹雳：叫我国庆节前，把家整个儿搬到保定去。原因是上级有指示："凡戴了'帽子'的，一律不准在北京过国庆！"我的天！距国庆只有五天了，我一个"双开除"的右派，两手空空，保定还不知情，这样一个倒霉透了的散乱摊子，我怎么"飞"得动呢？只好要命有一条了！

杜、周也很为难，踌躇再三，也算是天无绝人之路吧，他二人提议：我自己先去保定报到，抓紧把家事也安排一下，待过了国庆，再向组织说明情况，请假回京搬家。

不错，这是走得通的，我得救了，遂向二人表示了感谢。

隔了一天，即 1958 年 9 月 27 日，正是农历八月十五中秋佳节，我由一名大尉监护着，上了南下的火车。大尉谨慎而温和，使我感到是"监护"而非"监押"，更打消了"董超薛霸"的影子。开车不久，播放了一首儿歌，动听而嘹亮，我向来喜欢歌儿的，今日听了，却差点儿掉下泪来。可是，渐暗的天色，又使我想到中秋圆月，心想，人虽已从北京"起"出来，今晚却可以同妻子过个团圆节了。谁知车到保定，大尉很神速地从忙于过节的市人委那里开个条子出来：直送保定农场。我一愣，忙问："'决定'上说的是'转地方另行分配工作'，怎么送农场？"回答是："市人委同志说了，'你们这个'，都是先送农场……"

格外大、格外圆的中秋皓月跳上屋顶时，我已进入郊外十五里路远的保定农场。这儿拥有四百个右派劳动大军，我立即被编入一连一排。副连长指着一份锄、镐、锨、耙说:"这是你的。"

故事告了一个段落,可并没有结束。当时我三十三岁,到 1979 年"改正",还有二十二年。中间经过劳动改造、"大跃进"、三年自然灾害、"四清"以至"文化大革命",还有一长串"故事"。"改正"时,我已五十四岁。如今又过二十年,垂垂老矣,天知道还能写得出来吗?

仍有些小疑惑在心头逗留不去。其一是,虽说我写了一本书,但只读过农村小学四年,自幼当兵打仗,实在说不上是知识分子,何苦必欲"引蛇出洞""聚而歼之"而后快呢?就说秦始皇坑了四百六十个儒,还不过瘾,非要再"坑"个样儿出来不可,也应分分敌我友吧?到 1979 年,胡可才告诉我:本来 1958 年 6 月就定了给我戴"帽"的(所以才发生了《解放军文艺》的广告和扣工资的事),之所以又拖了三个月,是因支部大多数人不同意,打报告上顶,顶了三次,还是得戴。为什么对自己人下此狠手?让中国人普遍聪明一点儿不好吗?凭什么断定"知识越多越反动"?为什么非要跟"知识"势不两立呢?

其二,戴了"帽子"是"右派",1959 年保定农场给我摘了"帽子",又称为"摘帽右派",因此一条,"文革"中把我归入"黑五类",剥夺公职,吊销城市户口,"遣返回乡",打回老家务农去了。1979 年"改正"(不是平反)后,却又有"改正右派"一说——保定有位安姓文化局长,打报告申请住房,一位贾姓宣传部长批道:"安伟,十四级,副局长,改正右派。请帮助解决住房困难。"据说这并非个别例子。此项"名目"一立，人们就会把不管什么脏事烂事，都往我们身上乱贴，因为已是轻车熟路，成了"惯性"。冤了这么多年，所扣工资不补，株连妻儿活该，不准重新参军，没收信件不还，犹有说也，难道这右派阴魂，必要追随我们直到入土吗？

当然，这些只算是个人琐事，非常渺小，说起来也很没有意思。但若回顾整个反右派运动，可就不能采取这种轻薄态度了。众多冤案，还在其次，看看它的效能和后果，才是最为值得的。

凡敢提意见、讲真话的，一律头朝下了；说假话之风，随着"大跃进"的兴起，满天飞舞，横扫了一切（其实这就是最大最大的腐败）。各色"卫星"纷纷上天：小麦亩产5500斤，红薯亩产60万斤，稻穗上站着人的照片发在《人民日报》头版头条，"小土群"胜过大洋炉，"钢铁元帅升帐"，到处"超英赶美"，"热火朝天"。某"试点县"还搞了"吃饭不要钱"，声称正"跑步进入共产主义"！可是，老百姓砍了一人高的玉米栽红薯，砸了饭锅"炼钢铁"，拆了民居建食堂，抽出栝檩当柴烧……这些疯狂的胡作非为，非只一时一地，都是大小干部带头，或逼人干出来的。为什么？难道都失去理性、丧尽天良了吗？我的故乡，在一些非常好的干部中流传这么个口号："要命不要脸，要脸不要命！把良心夹在胳肢窝里，往缺德里干吧！"彭德怀是顶天立地的大英雄，他实在看不下去了，在庐山会议上提了个很温和的意见，立即被定性"反党"，使他也很快懂得了必须"要什么，给什么"。自此之后，"一人之下"的所有高干嘴巴也一律被封。于是，除了培养出林彪这个"马屁精"之外，各种形式的"鸣放"就彻底根绝了。

所以，才来了"三年自然灾害"，才吃了"四大两"，才有"国民经济到了崩溃的边缘"，才使数千万冤魂梦断旷野！……报应来得多么神速啊！

　　物质的损失，较易补回。至于高尚道德沦丧，精神长城不存，人人成了"违心"的行家，最吃香的是溜须拍马，这诸种大弊，则是极难救治的。一般群众也养成了逆来顺受、奴颜媚骨，"阿Q精神"变作安慰剂，"顺时听天"成了保命符，如此等等的"窝囊废"现象，不是比毫无筋骨的"葱叶"更可怕吗？在这种情况下，连旧社会都有的"文死谏，武死战"，怎能再现？灵魂大幅度扭曲，信仰危机大面积扩散，还怎么挡得住霉变和腐败?！封建主义可以凭借"绝对权威"随意"计白当黑""指鹿为马"，而吃苦受罪、水火遭殃的，却是亿万人民。损失如此巨大，性质如此恶劣，在全世界面前大丢其脸，整个民族大滑坡！千古教训，核心只在"说假话"之一端啊！

　　"以史为鉴，可以知兴替"，当我们还"有暇自哀"的时候，应赶快把事情办好，以免"后人而复哀后人也"。这就是，对封建专制主义流毒再也不能容忍了，奴化教育，愚民政策，必须废止。实现社会主义民主，依法治国，是最为紧迫的任务。封建主义扫清之日，才是中华民族大放光芒之时！鄙人写此一段故事的目的，仅仅在此，岂有他哉！

昨夜西风凋碧树

跳崖壮士

那时——1957 年的夏秋之交，我们创作室一共八人，都先后陷入了"人民战争的汪洋大海"！

我是第三个被"斗熟"的。在"挂起来"两三个月之后，有一次吃饭时听到我们虞主任跟人聊天，他拍着桌子说："艾炎这家伙实在可气！实际上没有多大事儿，就是态度特别恶劣，死不承认！……"

想一想，似乎不一定是"敲打"我。艾炎这家伙我不算很熟，他当的是美术组长，与我们文学组交往不多。他犯的是参与六画家上文化部请愿的事，那是有人检举，有人证明的，他还"恶劣"个什么劲儿呢？……咳，不是"敲"我就行了，哪还有闲心管他人的事！

1958 年 9 月 25 日支部宣布了我的"戴帽"处分，27 日便送我离京。那天，正是阴历的八月十五中秋节。下午，北京下着小雨，我披件雨衣，提只蓝色小箱，由一位大尉护送，上了南下的火车。

实在说，我的心境反而开朗起来，没有发配北大荒，而是送到河北，且是我妻刚分配工作的那个城市，岂非组织的有意照顾吗？一年多来，她和我都不轻松，凑在一起放松一下，实属本心需求，更何况，今日是团圆节啊！

送我的大尉也好，谨慎而温和，同我保持的距离也恰到好处：既不使人疑到他是在监护我，也不显得我们是朋友。但从闲谈中得知，他的妻子和孩子也正等他回家去赏月呢。这又使我十分抱歉，由于自己的罪过，竟把人家的节日给搅了。

黄昏时候，火车终于到站。那时雇三轮还是方便的，我们急急忙忙往市人委赶，可是，仍然落在下班时间的后面，人们都回家过节了，机关无人办公。然而还好，门房说，里头还留着值班员呢。

大尉跑进去时间不大，就又跑出来了，把张短笺朝我一扬：

"走吧！有地方儿了。"

"去哪儿？"

"去农场。"

"嗯呀……"我轻轻一叫，我还没跟妻子见着面儿呢！

向门房一打听，农场在郊区，远在十五里之外，没有公共汽车相通。

"可是，"我有点迷惑地问，"不是说'另行分配工作'吗？怎么去农场——"

"市人委同志说了，'你们这个'，都是先送农场。先前来的，也都是先送农场。"大尉回答。

我愣着，望着东街口上刚刚跳出的月亮，啊，那月亮又大又圆，真是"云敛晴空，冰轮乍涌，好一派清秋光景！"我心上虽不免冷飕飕的，却仍试探着向温和的大尉说："这小蓝箱子原是带给我妻子的，她正等着用，能不能让我先给她送去，然后上路？"

"她在哪儿？"

"话剧团，离这儿并不远。"

大尉也用眼望起月亮来。我知道，那儿也有他妻子眼睛的折光，能在两小时内赶回去，还可共享那甜甜的月饼呢。

门房老头在一边插话了："话剧团有电话，打电话叫她来一趟不就妥了。"接着挺熟练地给查到了电话号码。

电话拨通了，妻子一听到我的声音就叫喊起来："你是来过节的吧？怎么还不来？给了几天假？孩子带来没有？……"

待了好半晌，我才说出话来。我说，我已经戴"帽儿"了，这次是送去农场劳动的，给你带来一个箱子，目下在市人委。你是否来一趟，把箱子取回去。

这回该轮到她发愣了。

以前我挨斗的事，她大体都知道，而竟然戴了"帽子"，也出乎她的意料。愣了半天，才弄清了是我让她来取箱子。可是，她说不行，她没有工夫，她在排戏，团里有纪律，排戏时不许请假。

"什么戏呀这么重要？出来一下都不行？"我有点急了。

"《百丑图》！我演上海那个大右派吴茵！戏挺重的，是配合政治任务！"

但是，箱子怎么办？那里头还有二斤夹馅蛋糕呢，过两天长了毛儿，大家都不过节了？门房老头的热心又来插空，他说："你把箱子交给我，我叫胡省三，明儿你'家里'什么时候有空儿，叫她找我好啦。"

大尉和我都松了一口气，立即谢过老胡，交了箱子。另坐上三轮起程时，那轮中秋皓月已升上半空，并以它那惊人的大、逼人的亮，给天下一切的诗情画意泼油添彩，笼照清辉……

其实，世上的戏剧并非都是编排而来的，自有无数的偶然互相碰撞，迸出异彩，使你目瞪口呆。瞧，十五里的土路已经走完，我们进入农场，找到了场部。

"去一连一排——那儿还有个地方儿。"场部里出来一位秘书，一句话定了我的去向。大尉如释重负地同他握握手，跟我道声"再见"，急匆匆奔火车站去了。

这农场刚成立不久，挨铁道有六七间"砖垒"，便是场部和伙房，大洼里还散着些"独立家屋"，分别住有"五七战士"。我的一连一排便是其中的一座，坐西朝东，三间通连，门口正迎着月亮。

秘书把我领进这座大屋子的时候，里头静静的，只见屋顶上吊着一盏度数很小的灯泡，刚从月亮地里进来，朦胧中仿佛不像有人。

"小梁子呢？又给你们送来一个——你叫什么？"秘书问我。

"徐光耀。"

"啊，老徐就编在你们排了。"

暗影里有人回答："梁排长刚出去，一会儿就回来。"秘书便往前再走两步，指着通铺的一条儿对我说："你就在这儿吧——小梁子回来，告诉他一声儿。"说完，就走了。

我正努力观察这条批给我的约一尺半宽的通铺，从屋子那头瑟瑟地过来一条人影，突然间发出了声音：

"老徐，你也来了？"

我吃了一惊，这是谁？凑近了一认，是他——"态度特别恶劣"的艾炎！

　　"啊，你在这儿？"便赶忙伸过手去，想跟他握一握。可他停在那里，泥胎似的一点儿没有把手伸出来的意思。我这才猛然觉得：过去已经过去，现已今非昔比了。

　　"你什么时候来的？"我的语气也一下子变成了完全的"公事公办"，双手又插回兜里去。

　　"来四五个月了。"

　　"都还好吧？劳动得怎样？"

　　"都好，劳动也好。"

　　他背后又过来两个人，问我吃过晚饭没有。我这才注意到：屋子里竟还存放着十多个人；而且也才记起，晚饭确乎还没吃。他们便连忙拿了自己的碗，欢快地说："今儿过节，肉还多着呢。"说着跑向了伙房。我同艾炎也没有更多的话说，见面了，也就全然了解了。他见我没带铺盖，便分条线毯给我，又在屋外搬来一块土坯，做我的枕头。

　　这一夜，我躺在雨衣上，盖着艾炎的线毯，东想西想，老也合不上眼。妻子在那里演吴茵，工作占着她，谅无大事；大女儿在幼儿园，将来甩给姥姥，还容易安置；二女儿有阿姨照顾，下一步也可从容计算；老父亲在乡下没有看报习惯，只要不告给他实情，日子是能照常过的。最麻烦的是姐姐，单是怎么会来河北，便跟她解释不清，何况那篇《徐光耀的修正主义思想》，是决然逃不过她的眼睛的。唉，实在不该不早打"防疫针"哟……

脑子转呀转，总转个没完，一时"判决书"，一时《百丑图》，一时"鸡抢太主义"，一时"给丁玲翻案"……一屋子新"战友"都已睡熟，门外月光如洗，忽觉澎湃的思潮里咯噔一响，又转回艾炎身上来了。

艾炎有"四老"：老八路、老二野、老归侨、老画家。在刘邓大军南下的时候，用木刻报道人推大炮通过黄泛区豪壮情景的，就是他！第一个顶风冒雪随军进入西藏的画家，也是他！特别是，在抗日时期的晋东南，在日本鬼子重兵"扫荡"辽县及十字岭战役中，与八路军副总参谋长左权将军牺牲的同地同时，在敌人刺刀面前纵身跳下悬崖的，也是他啊！……

啊，身体飘在空中，身体摔在石上，三魂荡荡，七魄悠悠……

我抹把冷汗，悄悄抬起头，向艾炎躺着的地方望过去。灯光浅淡，一个挨一个的人头很规则地成一线排在炕沿上，都嘘嘘地打着鼾声。艾炎也显然入梦了。啊，他安睡着，一点儿也没想到那纵身一跳，也没想到日本鬼子踢着他的尸体搜他，也不想那死去的四个多小时，不想醒来后爬回部队的两肘和两膝……他还说"都好，劳动也好"呢！刚才，我不曾把小蓝箱子亲手交给妻子，很有老大的不快，未免太小心眼儿了！若跟艾炎比，那岂非屁的价值都不值吗？

这想法好像一剂药，使我不大一阵儿就睡过去了。

第二天，八月十六。全排一早集合，每人一张七斤重掘地大镐，拉到大开洼里，去刨预备越冬的菜地。

全排这十四五个人，大多来自总参、总政、总后、空军和海军，多为二十几岁的青年，年龄最大的是艾炎。使我大吃一惊的是：他挥动那七斤重大镐，竟像舞弄他的画笔，二三百米长的地头，他不歇不喘不直腰，一口气到头，并且立即折回，仍是一口气到头。我呢，三下刨不到，手腕子便酸麻了，攒足气力发狠，也只刨到五下。看来除非累死，我是绝对跟不上这个"锅伙"的，这使我完全绝望了。可艾炎勉励我说：会练出来的，他才来时，也是这样，"老徐，无论如何，泄气不得啊！"

苦挣了三五天，国庆已过。我获准回京去搬家。妻子、户口，早已到达，家具什物还在北京扔着，以后的日子必须紧着过，总得弄来啊。艾炎听说我要回京，黄昏时悄悄凑了过来，递给我一封敞口信，外加一个小鸭葫芦，求我抽空到他家去一趟，代他看看妻子和孩子。我因见信是敞着口的，便问他还有什么话要捎。他说："告诉她，不要捎东西来，我这里什么都有。她要问，你就说，真的，啥也不缺。"

这个小鸭葫芦，不及手掌大，上下两个鼓肚儿连在一起，头上还带些黄须，显然是从什么地方新摘来不久的，不过很成熟，黄黄的外皮上闪着一层光泽。我猜想，这也许是家庭间的什么"信物"，便郑重地拿张报纸包了，收起来。

到北京第二天，便按照地址找到了艾炎的家：临门一间"倒座"，恰是传达室的位置。我刚一打听，他妻便掀帘子出来，小声问我什么事。他这妻子我也早有所闻：原在金陵大学毕业，"资产阶级贵族小姐"出身，跑来解放区之后，一直搞美术工作。她比艾炎要小十来岁，生得窈窕柔弱、文质彬彬，一身浓郁的知识分子气味。现在美院附中当教员。我把艾炎的信和葫芦献上去，她立即抽出半页信纸去阅读，并不理睬那葫芦。

这时，他们三四岁的小女儿蹦出来，扒着妈妈的胳膊问："爸爸捎什么来了?"我赶忙把葫芦给她。她拿去一晃，哗哗乱响，问："里头是什么?"我说："是葫芦籽儿。"她问："什么是葫芦籽儿?"她妈接过去说："就是葫芦打的粮食。"小女儿便跳着脚非要打开葫芦，看看那"粮食"是啥样儿的……

至今我也不知道当时那葫芦打开了没有，尽管它有两个肚子，我还是很怕把它打开的……

艾炎的绘画特长被农场发现了，常常被喊去单独执行任务：写标语，画壁画，美化周围环境。他的名气越来越响，惊动了市内各机关以及驻军，便有更多的人常来要他。当时"大跃进"正在热火朝天，宣传战线尤需张扬而火炽，他奉命四处奔走，一直马不停蹄。然而，吃亏也吃在这里，外出应差劳动，有劳绩也是没人注意的，他又从不肯自显自夸，在研究给谁摘"帽"的提名时，就没有人提到他，以至于比我晚了一年多，才获准"脱胎换骨"，从农场解放出来。

离开农场，就又回归文化界，我在市文联，他在文化馆，同在堂皇的古莲池书院办公，出出进进仍然常常碰头。但大家各自小心，没事绝不往一块儿瞎混。1960年年底，三年经济困难的灾祸降临，我被抽往徐水参加整风整社，七个月后，带一身严重的浮肿病回来。他在市内，虽也饿得够呛，但一见我，仍然吓了一跳。我跟他悄悄说明所以至此的原因，他听了，傻着俩大眼根本不信，且警告我说："你可要当心啊，事情是不能乱说的，要顾到我们党的威信！"

这使我颇为不快，冲口而出道："这还是挑拣着跟你说的，要把实情都亮给你，还吓人多多呢！"

他愣一愣，咕哝了几句什么，转身走了。

等他走远，我才感到彼此的荒唐，党籍早开除掉了，还谈什么"我们党"啊?!

隔不多久，又出了比这更"迂"的事，成了至今还在莲池书院流传的一桩逸闻。艾炎的宿舍是在八景之一的水东楼上，四面一律是落地大窗，全装着玻璃。夏季，有八个小时强烈的阳光；冬季，呼呼大风随处可进。艾炎就在这楼的西北角上，用三合板隔出一个六平米的小间，安居在里面。而把另一些三合板，刻成木刻画，以歌颂抗日和打老蒋时的英雄。至于外面的整层楼，是他同业余画家们研讨学习的地方。某个星期六傍晚，他提着暖壶从市委食堂打水回来，碰见个小伙子正从楼梯上往下走。艾炎正告他说："这儿已改成办公楼，不接待游览参观了。"小伙子客气地回答："是，下次不来了。"在即将擦肩而过的时候，艾炎才忽地发现：那人胳膊上正搭着他的日本呢子大衣，腋下还夹着一个包袱。这才一把将小偷抓住。

人赃俱获，艾炎押着小偷去办公室找馆长。可惜办公室空空，人们早已下班，馆长也回隔壁家里去了。艾炎从办公室出来，站在台阶上严肃地对小偷说："你好好在这里等着，等我叫了人来再把你送走。"小偷又驯顺地频频朝他点头。

可是，等艾炎把馆长找了来，小偷已踪影全无，包袱丢在台阶下的花池子里，呢子大衣呢，再也没有找见。

人们笑着问艾炎："你怎么会叫小偷'好好等着'的呢？"

他说："我看他一直老老实实的嘛！"

到了1964年，非常意外地传来一个响雷，震得艾炎一连几天迷迷糊糊，说不清是怎样一种悲喜交加的心情。有位也是"五七战士"的大木刻家韩老，突然写给艾炎一封信，上面先把自己臭骂一顿，说真真是罪该万死！随即揭开事实说：1957年是他交代去文化部请愿的六人之中有艾炎的，他为此多次接受调查，书写材料，乃至艾炎被打成了右派。现在，一个偶然机遇触发他的联想，使他想起六个请愿者中确乎没有艾炎，他是把另一个人错记成艾炎了。但是，大错已经铸成，个人无力回天。他已经向所有与此案有关的单位组织，都写去了文字材料，申请为艾炎平反。现在他问艾炎：还有什么地方、什么人、什么组织单位，需要他写材料去，他保证一概把证明文字件件送到，落实在经办人手中。

多么好的消息！多么激动人心！大山开始滚动了！艾炎立即去了北京。

可是，也就一个月光景，他又蔫头蔫脑地回来了，所有的机关单位和个人，都承认他的冤枉，但谁也不敢一伸手指为他平反，因为这是"老人家"定的铁案，有言在先，动不得的。

苍天啊！真是件百思不得其解的事。

或许到底还是沾了这件事的光，几个月后，艾炎获准迁回北京，与妻儿团聚。这当然与他妻子的北京户口以及他本为归侨有关，但说好话的朋友增多了，事情就办得顺畅些吧。我却仍然坚信，平反是有望的，因为理由太充足了。然而，直到"文化大革命"进行到"红色政权"诞生为止，多次上访，仍是纹丝不得动弹。尘路茫茫，心中愤懑，我感喟良久，忽然诌了七言四句，寄给他，以为消除郁闷之助：

思君每及狼牙山，
一拼肝脑断崖前。
谁人开得铁头锁？
除非地下活左权！

后来听他爱人说，艾炎把这封信看过之后，闷了好几天，最后出口长气，嘱咐她说："莫要把这个去告诉别人噢！"

直到二十二年过去，历史进入到新时期的 1979 年，我们才都真的摘"帽"改正了。我高高兴兴地到美术学院去看他。第一眼看去，两口子的住处很安全：院子中心鼓着一个"土蘑菇"，半人高的覆土下，横着些粗大的树桩，贴地开着一排枪眼似的小窗户，还有个三尺高的小门儿。解放战争时期，国民党军队常常修来对付我们的暗堡，就是这个样子。自唐山大地震以来，他夫妻一直就住在这座"堡垒"里。我弯腰从小门儿钻进去，小心着顶上的圆木，开玩笑说："你们可活得真仔细呀！就是落发二十四榴炮弹，也休想损坏你们一根毫毛！"问他们为什么还不向组织要房。艾炎说："房子还在盖，等着的人多呢！这里冬暖夏凉，防灾抗震，还有花钱买不到的安静，急什么？"这个老倔头，他倒幽默起来了。

接着，他告诉我一件还在掂算犹疑的事，请我给拿拿主意：他在东南亚有位叔叔，年老无后，来信求他去香港，以继承一处产业。艾炎说，自己已六十几了，一辈子革命，当不惯资本家，也不会当。然而，组织上的态度倒是希望他去，因为国家可在那儿获得一块有用而廉价的地产。

此时，他妻正在"堡垒"外面烧水，我问她的态度。艾炎说，她原也不想去，但又考虑，可否给女儿找个受点儿完备教育的机会，"文化大革命"把孩子们误得好苦，他们的二女儿中学快毕业了。

一晃儿又十多年不见艾炎了。几年前曾听说他已迁到宣武区的一座居民楼，大约是弄错了地址，找了两次都未找到。算算岁数，他已七十挂零，如果没有去香港，也该早已离休了。替他想想从前往后，道路尽管坎坷，心境却一直纯白得很，无论是跳崖，是"戴帽"，是捉放小偷，还是平反不准，都压不倒他对党的威信的维护，对人性美善的信任，亦可谓刻骨铭心，至死不渝的了。思至此，我不禁忽发奇想：如果他不迁往宣武区，而仍在美院原地不动，若不忌讳，（毕竟有一把年纪了！）那么，那个厚土圆木、半埋地下的"堡垒"，无论从形象、从寓意说，都对他是最为恰切的装殓和纪念！除此之外，他还能从我这儿得到更好的主意吗？他还有更高的妄想吗？

跳崖壮士

193

千萌大队

一年中而形势发生大起大落的事，我赶上过好几回，但说起闲话来，最不愿挂于口齿的却是1960年，主要是出于不忍。

最近偶然碰见了许开香，虽然他已银须皓首，但心神健旺，气色喷红，方勾起我要写写他的劲头儿来。

1960年，我曾三到安国，四到徐水。除最后一次外，别次都为采访、歌颂。当时，这两个县都是往共产主义过渡的试点，各条战线成就辉煌，震惊全国。以安国论，不仅有"天下第一田"（丰产方）、"天下第一家"（公社食堂），还放了全国产量最高的小麦"卫星"。徐水当然更厉害，不但有要压倒"天下第一田"的万亩"麦海"，还搞了举世震惊的"吃饭不要钱"！特别把这些辉煌业绩推向顶峰的，是毛主席亲来视察，这立即产生了徐水的八四大队和安国的八五大队。当时有人断言：这两县急需回答的问题，已不是粮食能打多少，而是打下的粮食往哪儿搁放的问题了。

不过，一到入冬时节，这些地方都成了重灾区，形势之严峻出人意料，报上来的日人均口粮已不足半斤。当时正是城市领导农村的体制，市委一下子抓瞎了。

一个有二三百人之多的市委工作组，潮水般涌入了徐水县，并立

　　　　　　　　　　　　　昨夜西风凋碧树

即分散到"点"，展开了"整风整社"运动。名为市委工作组，却连我这个右派也编了进来，足见抽人之急，规模之大。

我这个组进驻的就是许开香的村子，名叫千萌大队。任务很明确：进村先进食堂，进食堂先抓秤杆子，然后量米下锅，按人头每人每日四大两，不许稍有增减。工作组成员与群众同吃同住，定量相等，若有违反，以"特殊化"论处，宣布的纪律是很严格的。

按科学家们推算出来的数据，维持一个正常人的生命，若仅靠米面，每日至少需要八两粮食，四两当然不行。于是挖掘各地的创造发明，就有了"低指标、瓜菜代、增量法、吸风灶"等一套措施。分给我的任务是：除了"包"着一个小队的群众工作之外，主要是协同食堂搞淀粉。时已入冬，瓜、菜都没有了，树上也净是干枝，只有在"代"字上狠下功夫。于是把薯秧、玉米秸、花生皮、从白洋淀搞来的苇草，以及如此之类，用石灰水泡软，磨细取粉，以抵补粮食的不足。

这项工作要花力气，很累人，但具体实在，不需分神费脑，称之为"抓生活"；相形之下，分工"抓运动"的同志，便要沉重得多了，那是千头万绪，很伤脑筋的。

群众怨气很大，主要是觉得挨饿挨得冤枉。三年"大跃进"，他们出尽气力，确实很卖过命了，而老天爷也不曾跟人们闹过大"矛盾"，居然弄到吃四大两，究竟为什么呢？有一次，我们工作组组长在群众会上传达文件，刚念了一句"由于三年自然灾害，使我们遭到了……"便被一个白胡子老头儿截住："同志你慢点儿念！你先给人们说说，是什么自然灾害？这三年有什么自然灾害？"

工作组组长瞠目结舌。他在城市住着，确乎没有见过水旱风雹，农村呢，又没怎么来过，他只是念诵文件。

"告诉你说吧！我活了这就七十了，"白胡子老头儿嘴唇抖得很厉害，"就没有见过这么好的老天爷，要风有风，要雨有雨，还都是轻风细雨，点点入地。不论是沟儿，是坎儿，是沙洼，是高岗儿，种什么收什么，块块庄稼都跟一领席儿似的！——你都是从哪儿找来的自然灾害？"老头儿伸出他粗黑的食指，点打着工作组组长的脸吼道，"说白了，全是叫你们闹的！到现在了还说虚话！饿死人，饿死你们才活该哩！"

实在说，我们党的工作干部给人指着鼻子这么斥责，在我还是第一次看见。这老头儿简直是疯了！

工作组的当务之急，就是要化解这种情绪，稳住大局。以后，"三年自然灾害"之说，只限内部使用，不再跟群众见面了。与群众亮明敲响的是"反五风"，特别是反"共产风""浮夸风""强迫命令风"。于是先开了一系列干部会、党员会，动员大家坦白反省，检举揭发。又开了不少贫下中农会、"三老"会、分片分组会，号召并依靠群众群策群力，整社整风。

我是在所"包"分片会上，听说支书许开香的。"反映"一出现，问题就很惊人：克扣口粮、拆人房屋、毁坏庄稼、打骂群众，都犯过，尤为使人咋舌的是，还有几条人命。一个支书而竟如此恶劣，乍听真使人迷惑。

　　　　　　　　　　　昨夜西风凋碧树

全工作组晚上一碰头，问题更觉严重，整个大队意见汹汹，大体一致，连工作组员都表现了强烈的愤慨。当时，整社文件把问题严重的干部大致归为三类：一类，阶级敌人；二类，蜕化变质分子；三类，死官僚主义者。而对许开香，大家初步估计，绝不是第三类，若不是一类，起码也是二类。至于其他干部，如大队长、支部委员、民兵连长、治保主任以及各小队队长、会计等，无不有大大小小的错误，而民愤最大、罪行最多的，是许开香。他已成为内外齐声声讨的最大目标。

　　工作组加紧了对许开香的工作布置：一方面加强监视，以防意外；一方面更细致地搜集"反映"，整理材料，梳理"辫子"，形成文字；并把他和几个也有问题的大队干部集中起来，编成小组，责其检查交代，无事不许出门。驻各小队的工作组员一时都以许开香为中心，层层动员群众：解除顾虑，放胆揭发，准备控诉。有些被选为"打先锋"的积极分子，也在工作组员帮助下，核对事实，拟写发言稿。让广大群众出气的斗争大会，已是箭在弦上。

　　我暗地观察许开香，他既不悲戚，也不惶恐，负罪感倒是有的，以致几天间便见皱纹更深，胡碴子也多蓬起来了。然而很奇怪，整个儿看来他还是不大在乎，学习就学习，集中就集中，检查就检查，交代就交代，只要工作组说的，全随着。就像老乡们说的："压上座泰山不觉重，驮上根鸡毛不显轻。"那天我偶然从他被集中的屋外经过，还听到他正念诵一首顺口溜：

吃的什么饭——杂和面，

住的什么房——天主堂，

受的什么训——掏大粪！

……

我知道，这首顺口溜是当年土改前期，被搬了"石头"的干部们在训练班上创造的。许开香没有被搬过"石头"，他念这个干什么？当然，我不是工作组的核心人物，许开香被集中后怎么坦白交代的，都交代了些什么，一概不知。党内自有秘密，我也不宜打听。

那天早晨，我们在食堂喝完那一大瓢稀粥，正抱着肚子在炕上等待那很快就运转下来的一泡尿，食堂大师傅老康大伯刷完锅，也爬上炕来。他不坐，而是双手捧腮，"猴吃桃"样靠墙一圪蹴，然后眯起两眼，把我们工作组一个个地扫过来，扫过去。

"老徐，"他突然叫我，"撑得慌不？"

我不明白意思何在，自己的身份又不适合开玩笑，他提的即使是单指吃饭，也是个很敏感的问题，便向他笑笑，作不答之答。

"还想喝豆儿粥不？——一插就戳住筷子的豆儿粥？"他又问。

我依然笑笑。

他见我们没一个接他的话茬儿，扫了兴致，把苍褐色的头皮和胡碴子囫囵地一抹，长长叹了一声："唉，完了，完了！再也喝不上那样的豆儿粥了！"

　　　　　　　　　　　　　　昨夜西风凋碧树

这天下午，在小学校院子里，晒着暖和的阳光，揭发控诉大会开始。

会上气氛，若与当年土改相比，有很大不同：没有那么热烈，也没有那么昂扬。从始至终无人喊口号，也没有把被斗的拧着胳膊摁在地上跪着。打人拉人的事，当然更不会发生。教室窗下摆一张六人桌，许开香和几个大队领导低头向着众位乡亲，工作组组长讲过话，揭发控诉的人就发言了。

听着这些发言，我产生一个感想：如果是天外来客，或是不谙世事的幼儿，准会听个目瞪口呆、大惑不解的。倘再过五十年，即使一般人也会把这些控诉都当成造谣和诽谤，因为太荒诞离奇、太违背人情了。举两个例子吧：玉米已长到半人多高，茎粗叶大，苗壮喜人，"花红线儿"即将吐红，忽然下了命令——一律砍掉，把地皮翻过来栽山药。山药要密植，一拳大的地方必须栽五棵苗，少栽一棵送你去劳改队。又，大队花三四千元新拴来一挂胶皮大车，配着鲜亮的新缰新套。忽地来了命令——让它装满新拆来的柁檩木料，两匹骡子拉着，给在铁道边上大炼钢铁的小土炉送去。到了地方，大队干部抄起把刀来把车套咔咔一砍，让人牵回骡子，就在车下架起火来。待到檩木和大车俱化为灰烬，再把灰烬中的铁钉、铁瓦、铁件，拿钩子钩出来，去交"炼钢"任务……

一个挨一个，发言发到太阳压上西墙，人群中忽然出来两个老婆儿，一个半白头发，一个灰白头发，她们互相牵扯搀扶，颤颤地走到许开香面前，先向他拜年似的弓着腰点点头，那个半白头发的才开口说话。她小声小气，声音近似耳语，我只得凑前一点儿去听。

"许书记，我心里老憋着一件事儿，憋了这一两年了，老是解不开，今儿趁空问问你。你也别嫌怕，我问明白了就拉倒，不提别的。你看行不？"

工作组代许书记回答："行，说吧大娘。"

"许书记你知道，我们是正经八百的贫下中农，数上几辈儿去也没伤没黥儿，他爹打出生一落地，就认得土里刨食儿，劳动吃饭。凡咱队上发的话，我们都伸耳朵听，小跑着去办，不知道招人惹人，你说说许书记，凭我们，得罪过谁呀？"

许开香眨着眼连连点头，不敢正眼看她。

"今儿我想问的，就是我们他爹，他看瓜看得好好儿的，是把瓜看丢咧，还是他偷瓜吃咧，怎么冷不丁就送了劳改队呢？我求你给我句明白话：我们到底犯的是哪一条儿呢……"

"这都怨我，这都怨我，"许开香也拜年似的连点头带打躬，"实在是怨我……"

"不是问怨谁，是问为什么！"人群中有人大声叫喊，语气很愤激，把半白头发老婆儿吓得一哆嗦。

"乡亲们多原谅，这事儿就怨我，我甘愿接受任何处罚……"

"怨你怨你！说个怨你就偿两条人命啊！——真该给你一巴掌！"半灰头发老婆儿突然蹿上来，冲着许开香的脸，说话就像打枪。这一下，把个半白头发老婆儿吓着了，揪住她的胳膊就往后拽："可别打人！可别打人！看闪了你的手！都别提了，咱走吧！……"硬是死活

昨夜西风凋碧树

拉扯着撤回人群去了。

举凡大会所揭各条罪状，我事先都略有所闻，这两个老婆儿的出现，却是突然的，还提到了两条人命！而许并香的一句不辩，控诉人又半途撤走，都使人大为疑惑。然而，天色已晚，众人饥饿疲乏，大会宣布暂停。我只好抱着满腹狐疑，去寻大师傅老康大伯。

老康大伯说：这两个老婆儿的男人，都是祖辈流传的老实疙瘩。去年傍秋，派在大队的瓜园里看瓜。看瓜是个美差，比那些深翻啦、鏖战啦、熬炉炼钢啦，都享福得多。两个人生怕混砸了这份差使，就白天黑夜长在瓜地里，连一园的甜瓜西瓜都给摸熟了。可是，一个下半晌，把俩人一块儿送了"县劳改"，从这儿再没有回来。

"什么叫'县劳改'？"

"'县劳改'是个使死活人的地方儿！你见过我们县紧靠铁道的那些马路、那些丰产方不？嘿，那真叫埂直如线，地平如镜，愣在地上绣花儿，打磨得土坷垃都照见人儿了，要不怎么能勾来两位主席、十大元帅呢！——那都是'县劳改'拿人垫的！"

"那俩看瓜的呢？"

"死在那儿了呗。"

"怎么死的？"

"'好受'死的！"

"可是……为什么送的他们？"

"你看你！连他们的老婆子都不知道，你问我——"

还好，尽管老康大伯很不耐烦，还是告诉了我两个民兵的名字，一个叫大壮，一个叫会来，看瓜老头，就是他俩送去的。很巧，找到他们的工夫，俩人恰在一块儿用坏模子"脱淀粉"呢。

"你问这个，是不是想把许书记也送了呀?"大壮立着眼反问，很警惕。

我连忙解释，送不送许书记，不是我管的事，我只是了解一下情况，听听你们的反映。不想叫会来的眨眨眼睛，十分恭敬地笑着说：

"老徐同志，你瞧瞧我们俩，是不是也够了'送'的条件儿呀?"

缠了半天，他俩也弄不清送人实情，但又透露一个事实：那天一同送去劳改的，不是两个，而是四个。其他两个被送的原因，他们倒略知一二：一个是两次在看青时候偷着烧吃队里的玉米；一个是说过："大跃进真是'大要劲'，快把人累傻了!"

紧张情绪仍在村子里扩散，一则"瓜菜代"实在不够消化，浮肿病人在迅速增多，每天都有人抬出去埋葬；有个壮年汉子，在碾子上踩完二升玉米糁子，竟然倒在炕上再也起不来，六十以上的老人都不免胆战了。另外，大队干部日日集中学习，罪状越积越多，老乡们摸不准还将拿谁开刀；许开香，不说连"三类"都不算了吗!

工作组的核心成员确已开过几次会，许开香的"辫子"已梳个差不多，缺的只是该拿个什么处理意见。据说，一种意见是逮捕法办，不然不足以平民愤；另一种意见较为温和，主张慎重考虑，无妨征求一下"三老"们的看法。

"三老"（老贫农、老党员、老干部）会怎么开的，我不清楚，只知道占的时间很长，三星错午了才散。第二天，工作组的全体党员上

　　　　　　　　　　　昨夜西风凋碧树

县开会，自然留我在家守摊儿。上午无事，一个人憋在屋里计算全大队还有多少玉米核、多少薯秧，白洋淀若运不来苲草，还需多少日子才能接上树叶。有通知要给村里病号和老人单立个"营养食堂"，计划每晨供一碗豆浆。然而，仓库里只有三十斤豆种，打报告跟上面要豆子，须得提出个数目来……

我这里埋头算账，老听得屋门在响，吱扭一下，过一阵又吱扭一下，我原以为是风，一直不肯抬头。后来吱扭吱扭门开大了，才见一个人在那儿扒着探看，正是那个半白头发老婆儿。

"有事儿吗，大娘？"

她心神紧张地笑着，半步半步往里磨蹭，一面往深处看还有没有别人。

"大娘找谁？"

"就你自个儿在家呀？"她见我点头，就挨近了低声说，"这可好，我就找你。你这人儿一天价不言不语的，好脾气，我说错了，你不怪罪吧？"

"请都请不到，哪敢怪呢！"

"要是求你替我说句话儿呢，给说不？"

"替你说？——行。"

于是她理理鬓角，打整一下精神，后悔地说：咳！生是受了那个半灰头发老婆儿的掇弄，在大会上剜了许书记一锥子，可一回家就失悔了。这二日，都说许书记也得送劳改，大伙儿吓得不行。她说，要是因为她的发言加重了许书记的罪过，弄得不当送也得送他，那她可就造孽了，"你这人儿不是也姓许吗？看在你们一个祖宗的分儿上，把这句话替我捎上去，就说我个死老婆子屁都不懂，那天的话就算小孩儿'打哇哇'呢，全给抹了吧……"

这使我很奇怪，一下子警觉起来，现在阶级斗争尖锐复杂，硬刀子不行了软刀子就会很时兴，她别是受人教唆故意捣乱吧？我得小心钻进她的"套儿"里去。

"大娘，这个话，替是可以替你说，可你得先说明白，为什么要'抹了'呢？"

"就为——可不能把许书记送了呗。"

"他犯了那么多罪过儿，连你老爷儿们都送了，为什么不能送他？"

"哎呀好你个老许！那是个好人！把好人往泥儿里踩，那不忒缺德吗？"

瞧，果真有阶级敌人破坏！

我拿过自己的缸子，给这半白头发老婆儿倒了些水，拉拉凳子让她坐下，请她慢慢讲："为什么他是好人？谁往泥儿里踩他？"

老婆儿受了我亲切态度的鼓励，吐噜吐噜说了一大串，道理没有多少，事实却把我也说愣了。

她说，许开香确实打骂过人，还咋呼着民兵摇过人的"煤球"呢，摇得人家拉了一裤子。那拉裤子的走到半当街，趴在碾盘上回不了家了。天已昏黑，过来过去的人也没注意，不知怎么许开香眼尖，瞅个没人的空子，一膀子把他背回家去了。半夜，还叫他家小三儿送了半斤红糖去，那红糖，是他大儿媳妇预备坐月子的……

"我不赞成这个，又背人，又送红糖，不如当初不摇人家……"我说。

"咦，你老许在城里住着敢自轻省。不摇人完得成任务？完不成任务不连你也送了劳改？"

"以后呢？"

她说的第二件是去年秋后，为调整丰产方，公社搞"大兵团作战"，家家锁门，男女老少一律拉到开洼里住窝棚，名册上若点着缺谁，也送劳改。大兵团作战一天，傍黑都钻了窝棚。许开香拿眼一扫，竹竿上靠着个妇女在抠指甲，却不见她那三岁的孩子在跟前，他当下就回了村。

"你猜这个女的是谁？就是说'大跃进是大要劲'的那张臭嘴的老婆。她怕把孩子带到地里来，一时不见掉进井里去了，就锁在了家里。可又整天结记得不行，想溜回去看看，查出来又吃不住。像她这样儿的还有好几家儿呢，心窄得恨不得去跳井。可不到掌灯的工夫，许书记回来了：怀里抱的，脊梁上背的，胳肢窝里夹的，净是小孩儿。老娘儿们一看就哭开了，有孩子的哭，没孩子的也哭，可大棚里都跟着哭！老许你是明白人，许书记要不跟咱老百姓一个心眼儿，能这样吗？"

实在说，听着这个故事，我心里也挺热乎乎的。冷静一下再想，也难断定她话里就有阶级敌人的阴谋。当然，指望从我嘴里透出给许开香翻案的话来，那也是发疯了，便缓和着语气说：

"听大娘你这一说，我也糊涂了。在大会上，你们说他有很大不是，这会儿，又说他是个好人。真是好人，为什么又犯了那么多罪过儿呢？"

"那不能全赖他。你们不是也说刮风吗？那二年子，上头刮风，下头刮风，大伙儿都刮风。这会儿，你们不叫刮了，也就没人敢刮了；都不刮了，不就净剩下好人了？好人，为什么还非送人家？"她见我面色照旧温和，一发"吐噜"下去："老许，我再说句你不爱听的话，你们工作组一进村，就钻头觅缝专挑许书记的毛病，有一条是一条地直往小本儿上记。你们怎么就不各处走走，也看看他那个连狗窝都不如的家呢……"

家似狗窝，我确实没想到。但她竟找我如此为许开香开脱，实在滑稽，她单知道我有好脾气，却不晓得我土不了事，岂非把"棒槌"当"针"认了？想至此，不由得笑了一下。

"你笑什么？"半白头发老婆儿立即发了毛，"老许你可别笑！我哪儿说错了，你得多担待，要又给许书记惹了什么，我可真真该死了！"

直到她走，这种紧张情绪也未完全消除，更别想她捞走别的了。

这天的中饭，食堂很清静，各家各户打完了饭，就剩我跟老康大伯两个人了。这老头儿瞧我耷拉着眼皮，只顾一口一口啃那淀粉团子，一时动了恻隐之心，想逗我说话：

"老徐，向你请教个事儿：现今咱们中国，你说有没有奸臣？"

不回答他是极不礼貌的，我脑子转了两转，想到了彭德怀，他去

　　　　　　　　　　　昨夜西风凋碧树

年被定成"反党集团"头目、大右倾机会主义分子，大报小报，批了整整一年了。可是，一想到他那刚板硬正的凛凛铁面，说他是"奸臣"，实在胆虚。脑子再一转，思绪跑到两三年前文联大楼的批斗会上，那时有人指着丁玲的鼻子说："你就是奸臣！"

"怎么没有?"我有了回答。

"你说说，是谁?"

"右派们就是。"

他听了，两眼眨巴着忽悠了一阵子，抄起瓢来刷锅去了。直到我离开这个村子，他和我再也没有一句的交谈。

下午，工作组的大队人马从县里回来。有几位便匆匆忙忙地打行李，要出发的样子。不一会儿，工作组组长把我叫了去，告诉说，因为灾情还在迅速蔓延，为适应形势，工作组做了调整，决定把我同另外几名同志调往义村大队去，"该交代的，赶快交割清楚，明天就走。"

这倒是个机会，我便把半白头发老婆儿交托的大意，变通措辞，作为"反映"，汇报给他，说完，趁便又问：许开香的问题定了没有，打算怎么处理？

工作组组长是个谨细人物，沉思半晌，才说：

"很研究几次了，一直有争论……"

"都有哪些说法?"

"一些同志坚持，一定得法办，因为罪行太严重了，不法办，群众也通不过。可另一些同志以为，这是，反正，总之……"他的词儿老是掂量不准。

"哎，组长，"我觉得错过此刻不问，就没有机会了，"你知道不知道，究竟为什么把那两个看瓜的送了劳改呢？"

"知道点儿。"

"什么原因？"

组长苦笑了一下，说：当时的县劳改大队，任务又多又急，伤残病死，减员太快，只好不断向各大队催要补充。那天，千萌大队接到命令：要再送四个去。可全大队的"黑四类"早送完了，有明显问题的也都送过了，还送谁呢？搜罗了半天，才找出一个偷吃玉米的和一个说"反动话儿"的，便派两个民兵先送去再说。可民兵们知道要的是四个，不敢送，怕把他俩扣下顶数。许开香刚听说他儿子在城里被"拔了白旗"，如何处理还不知道，又着急砍玉米栽白薯的进度赶不上去，烈火烧焮了头，就挥挥手说："算了，顺道儿把那俩看瓜的带上！"就这么，两条命都搭了进去。

我们到了义村，灾重事多，更加繁忙，没有闲心顾及其他。偶然碰上千萌工作组的同志，一打听，只说许开香的材料已经报县，尚未批下来。时日迁延，忙乱分心，后来，连打问的兴致也没有了。谁知这一忘就忘去了三十年。

今年元宵节，我和几个同志去徐水参观花灯歌舞，"与民同乐"。看完，回到车站候车室，聊着天等车回家。对面一位白眉白须的老头儿，脸上红扑扑的，一直映着两眼听着我们聊。后来听我说来过千萌大队，便扑过来抓住我的手说：

"你就是作家孙犁，对吧？"

"不不，你认错了，我姓徐。"

"对，姓徐更对！反正我认得你！"

我很诧异，问他是谁。他喷出一股酒气，哈哈大笑，说："我是谁？我就是许开香啊！"还没等我认出他来，他又招呼我的同伴说，"今儿个谁也不许动，都上我家喝一盅儿去！也瞧瞧改革之后的个体元宵节！我跟徐作家是老朋友了，当年他跟孙犁在我家住着的工夫，还非要派个角儿把我编进剧本儿呢……"

"可是，"我惶悚而尴尬，"你现在，在干什么呀？"

"干什么？"他把发红的老眼一睁，又快速眯上，"我，我发了！不是当年的许开香了！哈哈！……"他笑得又本真，又赤诚。

果然，他身穿呢子大衣，颈围毛线围脖儿，指间夹支烟卷，很有些富豪气派。从神气看，还有点儿潇洒，沾带点儿名士风度，却全然找不到当年许开香的影子了。

"你发了。靠什么发的呀？"

"靠鱼苇之事。"他引了一句孙犁文章中的句子。

"什么叫'鱼苇之事'？"

"拨亮了说，就是酒香呗。"

看了他这半醉的情状，由不得想取个笑儿："靠酒香不准，恐怕还是靠老百姓的宽宏大度吧？"

听了这句，他才忽地翻上眼睛去，很认真地想了一想："你说得很对，不靠老百姓的宽宏大度，也靠老百姓的傻二呱唧，反正离不了老百姓！离了他们，那还成什么世界？还能知道酒是香的吗？"

正闹着，一声长笛，火车进站，我们费了老大劲才同他握别。直到坐稳了火车时，我还在疑惑：千萌大队是不是有两个许开香？当年那个许开香，犯过骇人大错，后果不堪，然而却能使人捐弃杀夫之仇，鼎力相救，若非有个昭昭在人耳目的"跟老百姓一样的心眼儿"，如何能到今日？然而要说真是他，又怎么"发了"？难道真是人世沧桑，今非昔比，使得愚者智，钝者敏，痴者灵，各有变化长进，才造就了新的许开香吗？当然，若以他的历练通达论，也不是不可能啊……

　　　　　　　　　　　　　　昨夜西风凋碧树

紧邻

大为出乎意料，刚刚从农场出来，我就住进市委大院来了。

我国城市的住房，是随着人口增多而紧张起来的。1959 年那时候，虽还没有现在这样挤，但若别处有地方，肯定不会让我住进这全市首脑机关所在地。看来我真的来好运了。

给我的这间房大约七平方米，单人床、二屉桌、一把椅子，就把它挤满了。但距文联很近，上下班方便，还可在市委食堂吃饭，打水。下班吃完饭，往小屋里一钻，便是一统天下，起居安全，不担心有人偷我，闲杂人等若无正经理由也进不得这市委大门。这一点特别重要，使我免于结交不三不四的人，是有利于继续改造的。

我小心翼翼，安分顺时，目无旁顾，勤奋工作，以保住这间太太平平的小屋。

运气果真不错，很快到了三年经济困难时期，与推行"低指标，瓜菜代"同时，党的知识分子政策也放宽了。小道消息：上边已有文件，凡摘了"帽"的老右，又一贯表现好的，可以有选择地发表他们一些文章。

于是，《河北文学》来我市组稿的张编辑，在文联看到我，很随便地问：

　　　　　　　　　　　　　昨夜西风凋碧树

"老徐，给我们写个稿儿吧。"

"我？行吗？"

"我问你，就是行。"

又于是，我的一个中篇发表在该刊 1961 年年底的一期上。第二年，一家出版社又把它印了单行本。从此，人们便有点热烘烘、闹哄哄的。接着，第三年，更大的幸运降临头上：中篇改为电影，在白洋淀开拍了。

古训有云：人道恶盈而好谦。我知道，考验快来了，一来则可能很严峻，便日夕警惕，择清步眼然后走路。果然，日子不多，发了一场特大洪水，市区顿成汪洋。那时市里的楼房还不多，平房差不多全塌了，只剩"鱼脊背"上的西大街还较完整，市委大院就在这条街上。我的老岳母本有两间小屋，半天之间便没了顶。她老人家和我九岁的大女儿，被人抢往西郊，住在我妻所在的话剧院办公楼上。我存在她那里的十多木箱书和几件旧家具，便被湿淋淋地弄到市委大院来。

着了水的书不能沤着，我便撬开箱子，把它们一一摊开，晾在窗前的空地上，竟花花绿绿占了很大一块院子；那三四件硬木桌橱，原是在北京旧货摊上搜罗来的，如今也解脱草绳、红木、玻璃、铜活，都不合时宜地发着光彩，亮闪闪的立在阳光下，使过来过去的人，不免要绕开它们走。

灾情非常惨重：水退之后，到处是苇席和草棚的"街道"，一块苦布底下，往往挤着十来户人家。全市军民人等，不分男女老幼，无不集中全力抓挠救灾。我们文联当然也不例外，几户曾没顶于水的，

紧邻

215

更是分外慌急。相形之下，我的幸运就更加显著了：不单白天有现成的熟饭可吃，有开水可打，晚上还能舒舒服服躲在小屋里伸伸懒腰。只要不刮风下雨，连院子里的书都是不用操心的。

当然，大水给我造成的损失，也是很沉重的，冲走的财物不去说它，单是老岳母的两间小房，就需我掏出钱来把它们重新竖起，而这在当时，便得狠狠地紧一下腰带。但若与全家倾覆者相比，简直说不上"破财"，只能算老天的格外"恩典"了，怎么能抱怨呢？

然而，让人战栗的好运还在向我逼来。年底，电影拍成，片子的导演带着一部拷贝来我市作答谢性演出，要免费放映四五场。文联操办其事的大刘拿着一沓门票，问我要多少张。我说"四张够了"：老岳母一张，女儿一张，老岳母的邻居一张，我一张。大刘说，还可以多要，他能"充分供应"。但我担心，红得过快，就会变黑，电影看多了，未必是吉兆，便不再伸手。

第二年初春，杨花刚刚垂穗的时候，文联贾主任突然找到我，和颜悦色地说："老徐，你为咱们市做出了很大贡献，电影反映很好，市委领导很重视，为了体现党的温暖和关怀，决定给你调调房子，调到一个宽绰地方去……"

"可别！贾主任，我现在很舒服，非常满意，谢谢领导了！……"

"不不，一定得调，北京电影厂都常找你，还住这么个小间儿，影响也不好嘛。"

"碍不着影响，电影厂不会到这儿找我，今后他们也不会来了

......"

但是，贾主任掏出一个墨绿色塑料皮小本，房证已替我办好了。唉，领导如此热心，还有什么可说呢？恍惚间一时还想，这电影也真够有威力啊！

下了班，跑过两条街，去看我的新居。确实，这新居不但宽绰，而且宏伟：原来是座关帝庙，厚墙高脊，瓦楞耸霄，神灵们早已"扫地出门"，还一度充当临时小学校。现在，大殿被一劈三瓣：靠西壁和东壁的两瓣，各隔成三间，分归两户。中间的一瓣，相当神座和拜坛的地方，则是两家的甬道。东壁三间已经住人，给我的三间靠西壁，但见门户洞开，十分敞亮。原来门窗都尚未安，隔山也未垒到顶，空中柁檩交错，九间通连，燕雀尽可自由自在地在大殿中飞翔。

我立即想到寒冬，计算要多少煤球才能把这九间通连的冷风驱走，又从哪里去找门窗。当时物资统制正紧，书本大一块玻璃也难买到，我又拿什么来遮挡这四开的门户？还有吃饭打水的问题，岳母无力顾我，妻子常在外地，离开市委大院，我怎么办？

但我心上一下子豁亮起来：不是领导照顾我吗？我不受这照顾不就完了！目下住席棚的多的是，退了房，救灾济人，公私两利，正该发扬风格！房证是领导代办的，不能再麻烦领导，我直接上了房管所，房管所愁的就是房子，十分高兴地把房证给我退掉了。

"嘿！你怎么把房证退了？怎么也不跟领导说一声！"完全出我意料，贾主任急眼了，竟用了这么生硬的语气。我原以为他会表扬我呢。

"我觉得那间小屋就挺好，我用不着那么宽绰……"

"你用不着不行啊，别人有意见呀！"

"别人有——别人谁有意见呀？"

"公安局早就有意见，是他们——"贾主任终于急漏了嘴。

不用任何解释，我马上全明白了。我在部队上做过六年多锄奸工作，早应料到不该住到这儿来。

接受"照顾"，房证重新取回。但因有公安局的"意见"，又鉴于我确实求告无门，公家派人给安了门窗，上了玻璃。顶棚嘛，是岳母托一位会手艺的邻居，抱捆秫秸来，糊上了。三间屋子原是通着的，我把内部一门堵了，隔成外一大间，内两小间。外间，有向阳大窗，光线充足，我业余写作时享用；内两小间，兼做卧室、仓库、煤池子、厨房，睡铺则支在北山墙的墙根，恰是当年周仓的脚下。每当闲下心来，想及有位紫面大刀、豹头环眼的将军站立床头，竟不免顾盼自雄、心神奋励起来，似乎真来了改天换地的气概，连自己也撑大了。

当时，垂垂杨穗已扯起雪花飞绒，窗外轻扬着祥云瑞霭。我晕乎了几天，很快便感到"烧"得慌：吃饭打水，要多跑许多路，这还罢了；院子里重开了小学校，吵一吵，也可说是热闹；屋里太荒旷，却不是一个人能塞满的，想把老岳母和女儿接来，可老人家说这儿"空得心冷"，受不了古庙的阴气；特别使我不能等闲视之的，是来了社会舆论："在千万灾民都住席棚窝铺的时候，他是个什么人，倒住了三大间房子？"有位女党员便是这么向市委"反映"的。

218　　　　　　　　　　　　　　　　　　昨夜西风凋碧树

赶忙找搞税务的老桓求救，请他无论如何为我找个邻居，我情愿让出最好的一大间来。老桓果然眼界宽，出手快，很快荐来了一个人，并且保证说："这家人厚道老实，没有小孩儿，绝对不吵，放心大胆写你的东西吧。"

新邻居姓武。头天晚上来把房子看了看，第二天上午一下班，就把家搬来了，住在我向阳的大间里。老武果然人口孤清，夫妻二人，都上班：他本人在水泥制品厂"拉杆"，妻子小段是一家"百货"的售货员。两家共住大殿的西壁，各人干各人的事，看来日子会是清静安稳的。

新邻居果然令人满意，除了对我分一间房给他表示过谢意之外，无事从不上门，院里碰见，问声"吃了？"磨头就走；真正有事，也是敲门进来，站着说话，说完马上告辞。有一次，瞧见了我堆着的书，喝一声道："你的书可真不少！"刚要担心他借，已经推门去了。还有一次是清晨，在院里告诉我："人的身子骨最怕熬夜，你也得注点儿意。"大约是发现了我夜间的灯亮得过长。

如此一年，"文化大革命"开始了。夏日晚饭之余，五六家邻居坐在院里乘凉，议题全是"造反"，各种观点不时彼此交锋。我虽然从不参加议论，但发现老武的观点与我刚刚相反。别看他平日很温文，一提起对立面，"这起子王八蛋们！"便是他的口头禅。有一回，他兴奋地追着我直到门口，说他的对立面如何横行霸道，砸厂夺权，正说到激烈处，才忽地悟到他说的"王八蛋们"正是我的"革命战友"，便急忙撤步而回，却也毫不表示歉意。

两派的斗争迅速升级，终致开枪打仗。我们"关帝庙"前边恰有座二层楼，是一派的重要据点，半夜，便有人来袭击，机关枪就在庙前庙后嗒嗒乱响。第二天天明，战斗结束，除了我枕头的隔壁堆着些子弹壳外，还有点点滴滴的血迹洒往胡同里去。高音喇叭整日怒吼着"讨还血债！""阶级斗争"确已激化到"你死我活"的程度。我同老武一家的语言交往，也就更见其稀少了。

中央屡次号召"大联合"，但都无效，最后把局面交给了支"左"解放军。解放军快刀斩乱麻，下令旧的地市委机关干部，不分派别，一律集中到外地去办学习班，在"班"里学习、谈判、联合。我扛着行李卷告别这周仓脚下的时候，正逢老武在院里，便拜托他关照一下门户。他以工人阶级的慷慨点个头道："放心吧。"

学习班经过谈判、打架、整风、下乡，逐渐安静下来。可我没有轮到毕业，就又转入了"双遣"学习班。入这个班的都是"黑五类"，名为"学习班"，却不再进行学习，而是每天种菜，浇地，掏厕所，打扫军营。原先还以为这是应有的一课，每逢好运就战栗的我，碰到这种恶境，倒觉十分安心。谁知妻子突然找来了，问我"这是怎么回事儿？"这时我才知道：原来妻子、女儿连同老岳母，都接到了通知，让她们限期做好准备，要随徐光耀一起下乡——回祖籍农村去，公职及城市户口都将一概吊销。

简直是五雷轰顶，太出乎意料了。

这时，学习班领导才找我谈话，说根据新的政策精神，必须如此，而且警告说："你不要抱幻想，赖着不走是不行的，如要反抗，

'遣返'就会变成'遣送'，要使用强制手段，这绝不是吓唬你!"

"可是，我没有犯新的错误呀!你们口头上说我'一贯表现很好'，写在鉴定上，说我'一贯表现较好'，可这又为什么呢?"

"就因为是右派呀。"

"可我早就'摘帽儿'了——就算是右派，当年已经做过处理:开除党籍，开除军籍，剥夺军衔，降职降薪。这不能说轻，怎么又处理一遍呢?"

"归根到底，是你这个人不能用了。"

"可这么些年，不是一直都用着吗?"

"以前，那是刘少奇的修正主义路线;现在，毛主席的革命路线已经取得伟大胜利了!"

噢，原来如此!我还有什么可说呢?

在重要关头，我妻表现了可贵的清醒和勇敢，她交涉说，她母亲虽是徐光耀的岳母，但还有两个儿子在北京，都不是"黑五类"，其一还是位外交官，凭什么要他们的母亲随女婿下乡呢?还有，她本人是有单位的公职人员，都在新生的"红色政权"管辖之下，即使要走，也应由她的上级发通知才对，学习班直接下命令，起码是不合手续的。

这样，岳母和妻子都暂时豁免了。于是我妻又提出一条:我们共有四个孩子，按公平分配的原则，也只能随父亲下去两个;在轮到她的时候，再由她带下去另两个，这才合理。好，这一条也蒙批准。一场外交的胜利，原定下乡的七口，竟一时减为三口了。

盖子既已揭开，无可再拖，学习班放我回家，决定五天之后，来一部卡车，送我半家三口，回雄县老家去。

我和妻子另行谈判，再制定一项协议：她带老大和老四两个孩子，暂在城市留守；下余十一岁的老二和九岁的老三，先由我带去奉献给故土的祖宗。

"关帝庙"的一角呈现一派异常的忙乱：分割家务，打叠行李，捆扎东西，撕罗①欠还，忙得我手脚朝天。但是，刚忙了半天，我就泄气了：这不是搬迁，而是"遣返"，那么，这桌子要它干什么？不需再在上面办公。这火炉要它干什么？农村是毛柴火炕。特别这些书橱、书籍、资料、笔记，更加没有用场，回到家连个堆放它们的地方都没有。明天的三张嘴尚且不知往哪里安置，要这些劳什子干什么？恰好老武下班回来，我便找他打听旧货市场还在不在，是否已被"造反"掉了。

"哎呀老徐，你别不想过了呀！"老武听我说了缘由，睒着两只大眼，立时惊慌起来。

即使在武斗炸楼、一日三惊的情况下，老武也是照常上班的，停产了，他也陪着机器守够钟点，然后回家。对于我的归来，他原以为是一般放假，听说是要"打回老家去"，才猛然间着慌了，"老徐，你千万不能瞎想，你肩膀上还挑着一个人家儿呢。老人、孩子，加起来

---

① 撕罗：河北方言，赶忙处理之意。

　　　　　　　　　　　　昨夜西风凋碧树

七八张嘴，嫂子虽说还挣工资，可刨了城市的花销，她能有多大腰劲儿？"他断然说，东西不能卖！家具一上小市，五天为期，必是给钱就卖，闹不了仨瓜俩枣，等于白扔，"不是公家来汽车吗？你为什么不往汽车上扔？只要到了家，熬过一半年去，再弄到集上去卖，至少还有个讨价还价的工夫，不比这么卖干柴强吗？"

一席话，把我的家具救下来了。可是书呢？

"书也带走！"老武的神情很坚决，"老天爷要饿死人，也得先饿死没文化的，不能让念书的绝了。老徐你得信这么个理儿：不管世道怎么走，末了还得用文化，堂堂这么大一个中国，没有文化人，那还叫什么世界？"

可是，书不能像烂砖头一样，往汽车上一扔就算，总得包扎一下。而原来的木箱，都在那场洪水中冲的冲了，散的散了，剩下几只，也都生了炉子。五天内便要上车登程，从哪儿去搞这些包装？书呆子的本领，此时是多么无用呀！

老武说，不用愁，一切由他解决。其实他的办法就是往外倒腾他的家底：破纸盒子、长方形竹篮、盛煤的抬筐、没盖的工具箱、一张凉席……最后还搬出一个鸡笼来。但仍然差得远。他又帮我挖掘潜力，把破雨衣、塑料桌布、推小孩的竹车……都加以改造。然而，还是不够，他骑车上了厂子。

我和妻子合计：过农村日子，书的作用已经很小，期刊更加无用，何苦费这老大的劲弄什么包装呢？于是，小竹车先不改造，把期刊和一些过时、犯忌的书，塞满一车，就推到废品站去。到推第二车的时候，老武赶回，被他扣住，看看我们的脸色，说："你们大半也不在乎这俩钱儿。"就接过手去，把小竹车推进了自己的家。

后来，我的一位残疾朋友也闻讯赶来，他夫妻伙同老武，竟打进了一家百货的后仓库，从里面捡来成摞的纸箱和大团草绳，包装老大难，由此一举解决，真令人欢喜无尽。

五天之期一到，一辆解放大卡便停了关帝庙门前，老武提前为我一家做了早饭，但妻子和我都无食欲，预定跟我走的两个女儿，虽然年幼，也只稍稍动一下筷子。大家互相看看，也全无话可说，便即开始装车。到所有东西件件上完，老武两口子忽又抬来两筐煤球，非要扣到车上去。

"老武，乡下不生炉子，这东西没有用……"我揪住筐系子，急忙阻拦。

"老徐，还是那句话，日子，可不能不过呀！乡下总是更多一份为难着窄①，我老武没出息，就趁点儿这个，你真用不着它，我就念佛了！……"他嗓子忽地沙哑，一扭头，脸向墙壁，喊一声"上车吧！"就把煤球举向了车厢。

这两筐煤球，也就杂在家具、书箱和我妻儿之间，跑一百八十里，随我回了老家……

房子问题，就像注定了似的一直追随着我。在乡下一年，我的第

———

① 着窄：河北方言，生活困难，日子难过之意。

　　　　　　　　　　　昨夜西风凋碧树

一件大功业，便是盖房。年已八十四岁的老父，因为学过木匠，差不多给人盖了一辈子房，想不到行将就木的时候，儿子带着两个孙女归来了，祖孙三辈儿滚在一条炕上，是他忍受不了的，于是强支老骨，又为我盖房子。俗话有云："一辈子不盖房，是三世修来的福!"其累人磨人可知。然而，凭着乡亲们的支援，凭着我两本书的稿费老本，房子居然立起来了。可是，就在房架刚刚砌成，内部正待"装修"之时，老父也就气尽力绝，仆地不醒了。如果论代价的话，这当是我的第一笔付出。

更为揪人肠肚的"心病"，是我岳母和十四岁的大女儿。妻子带着周岁的儿子调往省会去了，这一老一幼，在过孤苦独立的生活，即使吃桶水，倘借不来安着四个轱辘的闸板去拉，也只好罢喝，更不要说其他的急难和意外了。在我妻还是志愿军战士的时候，老太太是受军属照顾的，现在与"黑五类"粘连，还指望谁呢？

然而，妻子探家后来信了，岳母那儿也出现了老武：他每周至少去家一次，没水打水，没柴劈柴，缺了煤球，借车去拉；遇有生病，立即搀扶上医院，挂号、候诊、划价、取药，一切全包；事情一完，水不喝一口，烟不吸一支，拍屁股就走，而下周依然准时前来，风雨无阻，连句感谢的话都不要听……

读着这样的信，我真好像跑进骑士或侠义的小说中去了……

在乡下当了一年老百姓，林彪忽然摔死了，"革命路线"的这一部分也就不算数，才又"落实政策"，让我回到城市，并在群艺馆当起馆员来。

这次回城，我当然梦想再做老武的紧邻，可是，周仓脚下早已住进新的主人，我呢，被安置在单位的办公楼上，公私兼顾，倒也便宜。刚腾下手来，我便去看望老武，向他表示感激，可他淡淡一笑，只说"回来好，早就该回来"，却只字不提岳母的任何琐细。然而，在一段时间内，他照常去看望岳母，打水、买煤，般般照旧。在我出远差的时候，尤其准时准刻，卯榫不差。

又过了些日子，老武接连添了两个孩子，一男一女，健壮喜人。男的耳朵上有道褶皱，老武翻着它给我看，很表忧虑。我劝他不必担心，树大自然直，将来会好的。他笑着点头。

再过些日子，一声霹雳，"四人帮"揪出来了。又过两年，十一届三中全会开过，右派们平反了。我不但恢复了党籍、级别，而且当了官。

平心而论，我从没有跟老武摆过文联主任的架子，也没有轻蔑或饿逆过他，但自从当官之后，他便不再来了。不唯不来找我，也不再去看望我的岳母。我纳闷，去找他，他说，现在添了孩子，家务太多，弄得心也忙，身也忙，实在腾不出空闲来。一来二去，竟使我们的关系返回到了"文革"之前的状态。

我的老岳母是善终的，黄昏发病，次日凌晨去世，死前几次跟我说："好多日子不见老武了，他怎么不来看看我？"大女儿也说，"老武叔叔有一程子不来了，对咱们有意见了吧？"言下都颇有责怪之意。我呢，心里堵堵的，却作不出任何解释。

转眼又是十几年过去了。年年初春时候，我总要对着那些垂穗杨

226　　　　　　　　　　　　　　　　　　　　　昨夜西风凋碧树

花发一会儿呆。意想中，老有那么一个人，沉稳地、默默地奔走于杨花飞舞的世界，平时浅淡平常，只在邻人有难时，才显现豪侠风骨和古道热肠。而一旦忧患解消，他又逝水般潇然离去了，使我这手无缚鸡之力的书呆子，连表示惭愧都没个去处。我们的工农群众，往往对文化有着奇异的痴心和迷恋，"文革"浩劫却也不能撼动她的丝毫，也许就是这一种心怀以及由此生发的宽容和博大，才支持了我们民族几千年的吧？至于岳母死前的发问，是怪我，还是怪别人？又怪些什么？就很难说得清楚了……

两出大戏

就算是吹牛也罢，我确乎写过两个大戏：一个是革命现代评剧，一个是带有"样板"性质的革命现代京剧。前者题名为《起凤庄》，后者题名为《铁围城》。

《起凤庄》的写作起源于 1963 年那场特大洪水。瓢泼大雨一连七个日夜，撑爆了上游的中型水库，山洪吼叫着冲下山来，半天之间，市里的大街便撑上船了。车站附近有一家高级招待所，二楼的人被水赶上了三楼。市内倒塌的房子，不是以间数，而是以片计。京汉铁路由此而停驶了二十多天。

市委领导立即动员党政军民全体力量，进行生产救灾。入冬，又发动群众义务劳动，筑起一道环形防洪堤，将市区牢固地包围起来。救灾，筑堤，成绩显著，引起省委的注意，坐飞机来市区上空转了一圈，表扬说：干得不错。

于是，市文联的贾主任意气扬扬地找到我，拍拍肩膀说：

"老徐，好事来了！——咱们写剧本吧。"

拍肩膀，称"咱们"，再加"好事来"，使我受宠若惊。写剧本，对一个受"控制使用"的人来说，简直是一场显赫。但可惜，这距我的能力、处境和兴趣，都太远了。何况，我正日夜拔着肋骨，赶写一部长篇呢。

"写什么剧本呀?"

"生产自救呗,咱评剧团演!——防洪堤,省委都震了!"

我说,我写不了:第一,我从未写过剧本;第二,我根本不懂评戏;第三,毫无生活准备;第四,我的身份也不适合出头露面;第五,我正在赶写长篇,不宜半途而废……

我把第五条说了又说,希望引起主任的同情。因为,申请写这部长篇是费了大劲的:先是激烈的自我斗争,而后咬牙打报告,请求给假一年,而后是不准,而后又答应考虑,而后"给假一个半月",再经反复央求,"初步决定给三个月"。其时,1961年得下的浮肿病还没退净,我却急急埋头案上,一拼就是十几个小时……我说着这些,眼圈儿都红了。

但是,一切都白说,因为,任务不是主任出的,是市委第一书记给的,也是书记点名要我参加的。

"可是,评剧团有编剧呀……"我还想负隅顽抗,而且提出了那编剧的名字——祁庭。

"他不行!他怎么行呢?"贾主任的语气十分轻蔑,没有考虑的余地。

就这样,我被"抬举"进了剧本创作组。创作组庞大而辉煌:市委常委、宣传部黄部长任组长,文化局长、文联主任为副组长,再加上评剧团团长、支书、导演、文联秘书、文化局戏研室主任、宣传部文艺科科长、干事,等等,连我共十二人之多。剧本是集体创作:大家出主意，提供材料，由我执笔；先拉提纲，然后集体讨论，最后一遍遍修改，直至胜利圆满完成。考虑到我缺乏生活，特许深入郊区体验三个月。

散会的时候，黄部长在院子里叫住我，嘱咐说：好好写，不要怕，有什么困难尽管直说，不必顾虑。后来，他这几句话上了"文革"时期的大字报，批之为"丧失阶级立场"。可当时我还真的鼓了鼓勇气，想提提让祁庭来入组执笔。他毕竟是剧团编剧，还上过台，演过巾带小生呢。但一想到他的声誉，想到贾主任不屑的语气，便吞住了。

我骑着自行车，往来于郊区各个先进大队，采访救灾战线上的各路英雄。一日，在街上迎头撞见了祁庭，他老远就扬着手呼叫"老徐！"兴冲冲直奔过来。

"你这是上哪儿去呀？"

"你还不知道？"

"是呀，是呀，"他刚刚悟过来似的羡慕着说，"啊，小车子儿一骑，真不赖！"

"还不赖，你为什么不去？"

他马上脖子一缩，神色黯然了："还用说，不够资格呗！"

我觉得无意中伤了他的自尊心，很有点不过意。他却翻转来拽拽我的胳膊："老徐，要不，你给说说，让我也跟着跑跑去，就算给你打下手——我特别乐意跟你在一块儿！"

"得啦！让我说说——屁事不顶！"

　　　　　　　　昨夜西风凋碧树

很奇怪，我一旦跟他站在一块儿，便有种不拘行迹、自由自在的感觉，话也就很放肆。我知道，他说乐意跟我在一块儿，是完全真诚的。这我已经有过体验了。

那是1960年，我从农场摘了"帽子"出来，到文联刚刚六个月，奉命同文化局戏研室的老刘一同下乡，采访持续"大跃进"中的先进典型。我们第一站到的是徐水县张时公社。当时徐水县正"跑步进入共产主义"，各项工作无不出色领先。这张时公社有一方著名的万亩"麦海"，小麦格外出头。据称，其雄心是要压倒安国的"天下第一田"，要大大放一颗冒尖"卫星"。确实，就沿途所见，麦子长得真是整齐茂密，远近少有。

一日，我同老刘正在屋里整理笔记，帘子一挑，祁庭发声喊冲了进来，面团团脸上净是笑意，先握住老刘的手抖了好几抖，又握住我的手抖了好几抖，然后指责道："你们来了，怎么也不通知我一声？"

"谁他妈知道你在这儿呀，张嘴就要通知！"老刘笑着呲打他。

"咱们合了吧，一块儿搞，一块儿写，好不好？"祁庭说着就扒鞋上炕，伸手夺我们的本子，看上面记些什么。

老刘告诉他，我们各有具体任务，都是领导布置的，要合，得经领导批准才行。祁庭一听急了，就炕上屈起双腿，跪着对老刘作揖说："剧团归文化局管，你就是领导，还找谁批准呀？"

老刘被他赖得没法，推托说："文化局也不都是领导，再说，还有老徐嘛，我也做不了他的主。"

祁庭马上转移双腿，一揖又一揖地跪着对我说："好老徐，高抬贵手，收下我这个徒弟吧！……"

我立即吃了一惊：自己一个右派，接受革命干部磕头，汇报上去，那还了得！急得立起来求他："大祁你可别这样，我哪里受得了！……"

但是，他仍然毫无顾忌地恭维了我半天，说早就看过我的书，对里面的"铁杆八路"十分钦佩，还没头没脑地赞扬了我某一短篇的巧妙构思。

他走后，我问老刘："这个人怎么的了？人还没认清呢，先要拜师学徒，就不怕拜错了庙门儿？"老刘说："别跟他一般见识，这小子是个无根之徒，一向分不清好歹。"还告诉我，也别当他什么革命干部，他历史上也是有污点的。至于是什么"污点"，现已想不起来了。

这就是与祁庭的初次相识。后来，由于都在文艺圈子里打转，不时碰头，所见其行止，仍大体如是。

我们的剧本，经过打腹稿，拉提纲，惨淡经营，题名《起凤庄》，拿出草稿来了。故事是：有位叫凤珠的女大队长，带领群众全力生产自救，虽有"自发势力"及落后分子种种干扰，但皆被她一一制伏，终于在筑好防洪堤的同时，取得丰收，被乡亲们选成模范。

草稿一出，接着便展开了一次次的全组大讨论。讨论一遍，修改一遍；修改一遍，讨论一遍；循环往复，以至无穷。到1964年年底，已讨论十多遍；到1965年年底，已讨论数十遍。会上意见，少则三四十条，多则六七十条，我都一一仔细记录，然后斟酌顺应，研究修改。

其时已临近"文革"，文艺配合中心工作已是金科玉律，剧本随着时间赶任务，要求也越来越多。先是，生产救灾要加阶级斗争，要反映敌人的破坏；随后，"四清"运动来了，阶级斗争必须通过"四清"来揭露"走资派"；再后，学《毛选》成了革命不革命的首要问题，不但要放在"大于一切先于一切"的地位，还要把戏中矛盾统一到学《毛选》上来解决……这还说的是大项，至于更细更具体的要求，那就还要多上好几倍。

由于写作的旷日持久，参加创作组讨论的人员，时有变化，特别是剧本有希望"立起来"的时候，常把评剧团诸导演及主要演员们也请来参加。这中间，祁庭便格外高兴地早早坐在角落里，而且，一有机会便滔滔地说上一大篇，惹得许多人借机去上厕所。

他究竟都说些什么，因为年代久远，记不甚清了，但有一点还印象鲜明：正是学《毛选》催得上劲的时候，我把下面一段话，写进了唱词："一个人能力有大小，但只要有这点精神，就是一个高尚的人，一个纯粹的人，一个有道德的人，一个脱离了低级趣味的人，一个有益于人民的人。"这抄自《纪念白求恩》，读来有板有眼，统押"人臣"辙，不能说不顺。把语录引入戏曲，当时连《红灯记》《沙家浜》都未做到，遑论其他。所以，私心中颇有几分得意。

但是，却招来了祁庭的一顿批驳，他说："戏曲就是戏曲，曲是要唱的，唱，就得是韵文。而这一段是散文，散文怎么能唱呢？"我听着，很替他捏一把汗。他只图说着痛快，倘有人加他一顶反对学《毛选》的帽子，泰山压顶，就没他立足的地方了。

进入 1966 年，《起凤庄》的写作已地道成为一场灾难，调子越来越高，框框越来越紧，要求则越来越急，而本子却越改越乱。我日夜煎熬，筋疲力尽，辗转反侧之余，已无心探求如何把剧本写成，而是竭尽心智，谋划怎样逃出这无边苦海了。我曾多次试图推在祁庭身上，又多次被否定。报盗警如何？可谁来偷这一大堆废纸呢？而且，稿子丢了，脑袋还在，仍要照写不误。人人都把自己的作品当作孩子的骨血，而我急于想做的是如何把"孩子"谋杀掉。就这样，每日都为自己的笨拙恨恨不已，却始终抓寻不到一条逃路。

恰在此时，在街上又一次碰到祁庭，他笑嘻嘻问我："知道我们剧团给你的剧本新起的名字吗？"

"叫什么？"

"起哄庄。"

连我也开心地笑起来了。

谁说"文化大革命"没有一点儿好处？就是"文化大革命"，一下子砸烂了市委机关，也砸烂了我们《起凤庄》创作组。眨眼之间，我获得了解放。真是快何如之，乐何如之！好几天中间，我都想找个朋友，痛痛快快请他吃一顿，以庆祝这个突然意外的解放！

当时感觉：写剧本给我的惩罚已足够了，一生经此一次，该拉倒了吧？谁知这竟大错特错了，"文化大革命"还未结束，相同的命运又再次循环到我的头上。

这次任务，是由新生的"红色政权"下达的，依然是第一书记说了话，所出题目使我更难脱逃："把《小兵张嘎》改成革命现代京剧，

　　　　　　　　　　昨夜西风凋碧树

闹成个我市的样板。"因为"红色政权"新成立一个京剧团,"样板戏"早演滥了,急需新戏上台。而新戏,既须是革命的,又须是现代的,《小兵张嘎》不曾被彻底"枪毙"过,领导便放心点名,让它来应差了。

与上次不同的是,没再组织庞大的创作组,而是指定我自己干。上头管我的是"文办",专责上司是金副部长。金副部长编过报,写过剧本,有内行之誉,现在对"文办"和宣传部都负有领导责任。

检查过去,我没有冒犯或唐突过这位金副部长,但知道他对我"很有看法",证明就出在 1963 年。那年电影《小兵张嘎》拍出来了,北影一位导演带了几名工作人员并一部拷贝,来我市作答谢性演出。他们提出要拜访有关领导,以说明来意。贾主任把领路认门的任务交给我,我便按照名单领着四五名客人到处转,其中自然也拜到金副部长。主客寒暄毕,金副部长站在门口与客人一一握手道别。也是我太不自觉了,在最后一个走出门时,竟想也不想便把手伸给了他。万万没料到,他一见我的手过去了,忙把右手高高一举,向走去的客人招呼道:"再见啰,再见!"使我只抓了一把空气,这才狼狈地匆匆离开。

按说,这类"看法",在当时也是一种寻常的政治感情,我不应过于计较,但由此而更使我感到祁庭感情之可珍贵。

祁庭已许久不见了,听说当时也正不甚得意。"文革"之初,他排在一支游行队伍中,身穿绿军装,臂缠红袖章,慷慨激昂、红头涨脸地呼号前进,神采十分动人。有次在广场看到我,大远凑过来说:"老徐,写点儿东西吧!"

我说："写什么？'起哄庄'还不够我受的呀！"

"剧本别写了，写点儿歌词，拣着能给人鼓劲的。"

"可我不会写歌词。"

"咳，你能行，就照着《语录歌》榜呗！"

我看看他的眼睛，不懂他几时把"散文不能唱"的观点改变了。

随着运动的深入，我们都"站队"了，却恰恰站在对立着的观点上。有一次，两派联合游行，声势造得挺大。他突然从他队里钻过我这边来，悄密密地要我"站过去"，他保证他们派是地道的"毛主席的革命路线"，往后一准要胜利。可他的理由不能使我服输，便争了起来。他见总也不能把我说服，急了，脸上充血说："咳！真该再打你一次右派！"说罢，便抱着对信仰的无限忠诚，悻悻而去。

又过几年，学习班把我"遣返"回农村老家了。这是十分倒霉的。可据内情所示，此中绝无祁庭的作用，他自己还担心成为"遣返"对象呢，又何至向我报复？又过一年，林彪摔死，我市落实政策，才又有了我写革命现代京剧的机遇。

写京剧的重任不得推辞，第一道难关就把我卡住了。千思万想，咋也把"张嘎"搬不上京剧舞台，殚精竭虑弥月，仍是寻不着门径，只好再找好说话的文联贾主任。我说：电影已经演过，观众脑子里都有个现成的"张嘎"形象，我不懂京剧不必说了，就算很懂，也兴不出一个能压倒电影上的"张嘎"来。如果随便糊弄，上台一亮相，观众都说这是"糟改"，让咱挺新的京剧团怎么收场呢？

贾主任想想，觉得有理。我便赶忙献计：咱别非要"张嘎"这个名目了，不拘什么，我一定弄个打日本的少年英雄戏出来，就算"张嘎"的改头换面吧，只要领导上把好关，政治上不出事，仍然可以叫作革命现代京剧的。

还好，这一变通居然层层通过，上峰照准。我这才又进入写作—讨论—修改的第二轮循环，而且长年累月，日夜不息，决然看不到尽头。

弃"张嘎"而另打旗号的京剧初名《虎头桩》，几经讨论，《虎头桩》不好了，改为《铁围城》；又几个月，改为《虎气歌》；又一阵子，改为《鱼叉记》；又一阵子，改为《飞桥破关》《千重火阵》……还变过很长很长的名字，但比较起来，以《铁围城》叫得最长。至于故事，依然是一位十三岁的小八路，不但英雄俊伟、谋略过人，而且神勇异常，战无不胜。唯一的遗憾是有位女游击队长，名叫林烈芳，后来给我一位搞文艺评论的同学看到了，瞪着眼训斥我说："你怎么把个领导姓林？她怎么非得姓林？"批得我一阵发蒙，隔了一夜才悟过来，他是在警告我：莫要把这位游击队长引进林彪的家族！

祁庭出现在我这次写剧本的过程中，已是相当晚的事了。他们评剧团在"文革"初期本是很红的，有不少头头升迁，有的还升到了很高的位置。也许就因为骨干们大半当了官，没办法再演戏，才把整个剧团取消了。他呢，不但丢了编剧职位，还给下放到帘子布厂，干起基层工会来。而对文艺百折不悔的迷恋，又使他不能安心岗位，于是，一有空闲，便钻回文艺圈子来义务帮忙。金副部长执掌着宣传及文教口，举足轻重，他便时时到他那里去，跑送通知，传人开会，甚至斟茶倒水，十分勤快。以此，有时还能传点内部消息出来。

凡关我的剧本的讨论，都由文教口出面组织，人员时多时少，多起来能达十三四人。祁庭后来也参加了，但因名分不正，发言比从前少得多，有些意见，他宁可散会后在大街上同我嘀咕。

在一次大型的讨论会之前，京剧团周导演私下向我表示："剧本可以排了。"这当然使我鼓舞。试想，多年心血，能站上台去，哪怕只给自己看看，该是多么诱人的事情啊！果然，会上十多个人都对新一稿表示了肯定，祁庭也意意思思地说了几句好话。正当我逐分秒增大信心的工夫，金副部长清清嗓子，作总结性发言了。他说："剧本还须再改，因为立意不高。"我急忙抓紧钢笔，摆正本子，要录下他所谓"立意不高"的理由。因为理由倘乎成立，剧本甚至有被"枪毙"的危险。谁知他"旁顾左右而言他"，牵枝引蔓，扯到别的问题上去了。

他说完，就该轮到执笔者表态了。我说，立意不高，关系着剧本的根本命运，是否请金部长说得详细一点儿，都是哪儿表现了立意不高？我也好按照意见好好修改。

糟糕！金副部长立即把脸涨红，提高了声音："立意不高就是立意不高嘛！这有什么详细不详细？……"看样子，他并没有论据上的准备，因而一遇质问，便着忙而发火了。接下来又拿硬话兜了两个圈子，却忽而抓到了"灵感"，当时恰好刚学了最新最高指示：路线斗争要年年讲，月月讲，天天讲！他脑子一转，猛然大嗓门地回到了本题："不是问什么是立意不高吗？没有写路线斗争就是立意不高！抗

　　　　　　　　　　　　　　昨夜西风凋碧树

日不抗日，怎么抗日，就是一场路线斗争！你写得怎么样？……"

我一听，也就有些上火，一时忘乎所以，冲口而出说："抗日不抗日也是路线斗争吗？据我所知，除了汪精卫和公开当汉奸的，连蒋介石都不敢说不抗日！儿童剧，路线跟谁斗呀？照这个逻辑，我，我们，我们从哪里找共同语言？"

话一出口，我就知道坏了。凭我这颗脑袋，敢在会上顶撞部长，岂非真个翻天了！尤其那句"共同语言"，虽是脑子里转了两三圈才憋出来，可随便上个什么纲，你都有口难辩。

会议就此不欢而散。我回到宿舍，又气又怕，却又无可奈何，心说，凭他再给我戴上"帽子"算了，就是再去农场劳动，也强似这样淹在剧本里活受罪！然而，事情倒也没有我想的那么怕人，闷了两三天，祁庭便来喊我去"文办"，说是还要讨论剧本。

这次会，规模小得多，四五个人。祁庭担任记录，由一向温和持重的"文办"张主任先说话。他说得很缓和，完全不提前几天的争论，只大略拿出个颇为宽泛的修改意向，然后问我的意见。我拿眼看看金副部长，因为只有他说了才最后算数。他果然说了很长一大套，但也无一字涉及争论，而是说，他自己以前写的剧本，虽然那个写"四清"的有点"反映"，但那是更上一层领导为他划的路子，他是听话的，云云。

散会出来，我正独自往家走，祁庭从后面追了上来，在肩膀上给我一捶，说："你小子反骨不退，敢跟部长没有'共同语言'！这一回，便宜你了！"

然而，事情的发展却又大谬不然。不几天的一个夜晚，我正在宿舍灯下写画什么，忽地悄然钻进一个人来，样子瑟缩而惶恐，正是祁庭。他艰难地笑一笑，便坐到了我的床上。由于种种原因，我那时的宿舍差不多拒绝一切客人，这样已有十来年，算得是名声在外的。而他的突然夜晚"侵入"，颇使我诧异，便正色问他有什么事。

"老徐，你赶快想个法子，离开这个城市吧。"

"为什么?"

"别问为什么，快着到别处找个工作，越快越好。"

"可到底为什么呢?"

"你别问了，问也不说，我——不能说!"

他表现得如此反常而严重，使我大为惊疑。这个"无根之徒"，绝不会对一个已沉沦在底层的人再来故意吓唬着玩的。那么，又为了什么呢? 但他不容我细想，就接连替我开起处方来：能不能在部队上找找老战友；北京作协有无后门可通；让老婆给文化局打报告，调往省里去如何；或者，"你父亲在农村当个支书也好……"

他见我一直摇头，很惋惜地叹口气说："时间不早了，我得走了。"便甩甩手摸出门去，仓皇而无声息地迅速消失在黑暗中。

这一夜，我再也合不上眼，身子忽悠悠的，仿佛正往下沉落。意识中却把两句旧诗反复吟念："一千支暗箭埋伏在你的周边，注视着你一百个小心中的一个不检点。"初曾以为这不过是诗人的张大之词，现在却真切地扎进心里来了。而当务之急，还是快给自己找个去处。然而，我又实无办法，哪个单位欢迎"黑五类"呢? 一般朋友，不肯

　　　　　　　　　　　　昨夜西风凋碧树

为我尽力；亲密朋友，又忍不得给他们添惹是非；妻子嘛，已多次提出调我的请求，无奈他们团体障碍重重，爱莫能助；至于父亲，他老人家已经归天了；还有个姐姐在唐山，夫妻俩还在"审查"中，不知能否"解放"。

无路可去，只得走一步，看一步，熬一步，处处小心，以避免再次失足和大意。其时，就精神体力和家庭说，也实在禁不起第二次"跌倒"了。然而，拖了许多天，也不见什么异常。看来，也许是祁庭在什么地方过敏了。那么，革命现代京剧，就得继续勤勉地搞下去。

大约在 1975 年的秋季，忽听说祁庭住院了，脑子出了问题，要开颅。过些日子再打听，消息更坏，说开颅之后，才发现手术已晚，连重新缝合都没有弄好。又不久，说医院床位太紧，已让他回家休养了。

我知道这意味着什么，心里很难过，不由得想到"麦海"的初识，两次写戏的交往，街头广场一次次的邂逅。想到他一腔纯真，满腹赤诚，喜怒形于外，不藏一点心机，即使作为敌手，也是个可敬的敌手，尽管无从显赫，却也不故意招摇，这在诡谲的大千世界中，总是难得的了。想至此，不禁悲从中来，便在一个昏沉沉的下午，独自跑去看他。

那景象实在凄凉：躺在迎门的床板上，盖条棉被，手边放只白水碗，左耳上方张着个血窟窿，有暗红的东西从里面鼓出来。眼睛原本木滞地望着屋顶，听见叫，侧睛一转，认出了我，马上呜呜有声，做挣扎坐起之状。然而，他全身僵直，一切动作都失败了。

听见声音，内室里走出一位中年妇人，凄楚娴雅，举止安静，当是祁的妻子。她告诉我：人，已经不会说话了，但意识还在，有什么事，可以跟她说。我说，无事，只是看看。祁庭于是又呜呜作声，有欲言之意，然而，他能做的，只是在眼里涌出一道泪水，浮在眼下的鼻洼里发亮。我原想趁这机会，问问他那次到底为什么劝我离开。可是，不能了。

他没有熬到"四人帮"被揪出，也就没有看到那万人空巷的游行场面，更没有看到我的《铁围城》是怎样结束的。

尽管"文化大革命"人人切齿，我还是有点儿感念它：它兴起的时候，砸烂了《起凤庄》，结束的时候，又砸烂了《铁围城》，两次使我逃脱苦海，真是阿弥陀佛！当然，玩笑是玩笑，若要认真加以反思，在那亘古罕见的浩劫中，从面目狰狞，精神千里荒漠，竟产生了像祁庭这样，人性不曾尽失的人，单只他磊落纯真，又是何等可贵啊！如此一想，他的消逝，他的带走关乎我死生祸福之"谜"的遗憾，竟是豆芥之微，不足挂齿的了。

后　记

回顾我的一生，有两件大事，打在心灵上的烙印最深，给我生活、思想、行动的影响也至巨，成了我永难磨灭的两大"情结"。这便是抗日战争和反右派运动。

抗战八年，可以说，无论什么罪——苦、累、烦、险，急难焦虑，生关死劫，都受过了；熏过一回毒瓦斯，还落在鬼子手里一次，但都闯过来了。大背景是全民受难，大家都奋斗，都吃苦，流了那么多血，死了那么多人，个人星点遭际，有什么值得絮叨的呢？

然而，永远难忘的是那些浴血英雄，是那些慷慨捐躯的烈士。他们没有计较过衣食男女之事，没有追求过功名利禄之私，即使死去了，也没给自己或亲族留下私财私产，最后拥有的仅仅是祖国大地上的一抔黄土！可正是这个赤条条，才显出他们那牺牲精神的纯洁神圣、伟大崇高！如果说人性，还有比这种人性更高尚的吗？

我是个幸存者。我幸存而且分享了先烈们创立的荣光，靠的就是他们用破碎的头颅和躯干搭桥铺路，奖掖提携，使我熬过来了！以此之故，我的绝大多数作品，我的主要小说，都是写他们的，特别是冀中抗日根据地的"五一大扫荡"，那民族灾难的深重，那残酷艰险的极致，都大出人们的想象，所以，我的一部长篇、三部中篇、一集短篇中的大部，以及我四部已摄电影中的三部，都是写这次"扫荡"的。除去它们，我几乎就没有了作品。

这就是我的抗日"情结"，是我这个人的主要侧面之一。

反右派运动之所以成为我的另一"情结"，就因它在很大程度上决定了我中年以后的命运。它把我的心劈开了，撕掉了我的眼罩，使我看见了先前不曾看到的东西，尽管很难相信，却仍眼花缭乱，迷迷糊糊。到"文化大革命"来了，又几经天旋地转，才慢慢有点明白，于是忐忑地、间隔地写了几篇文章，这便是十多年前所写《我的喜剧》系列。直到过了七十岁，已入沉沉暮年，时常听到人们对"阳谋"现象的研议，才又有些新的感悟，《昨夜西风凋碧树》由此形成。所有这些，从本质上看，都是反映着我的"反右派情结"的。

我以为，"阳谋"之所以比阴谋更可怕，就在于它的"阳"。搞阴谋，是必须蒙蔽阳光，掩人耳目，弄些遮饰手段，并在暗箱中操作的，其影响作用当然大受限制。而"阳谋"，却能凭借官权之威、领袖之望，向全党全民广发号召，大作动员，乃至公开抛弃道义，驱赶人们自投罗网。把信誓旦旦的承诺翻脸不认。使那些单纯赤诚、忠心无二的后生小子，甚至不经任何思考，便信实而上钩了。倘不用"阳谋"，何至如此堂而皇之，大行其道？

246   昨夜西风凋碧树

而"文化大革命",益发变本加厉,如法炮制,这才酿成了双倍残酷的全民族空前浩劫。数十年沙场征战、谙于政争的英雄豪杰及无数才俊,不但不能反抗和阻止,且眼睁睁地一个个纷纷跌倒。此情此景,尽管已过去了二三十年,仍不能使人们的记忆有任何淡化。在整个 20 世纪的下半截,还有比这更大的悲剧吗?

而"阳谋",与我们党的宗旨和性格,是完全格格不入的,相去十万八千里的!

刚刚崭露头角的"失败学"告诉我们:如果对失败粗心大意,不去认真总结和记取教训,那么,"严重事故"继续发生的可能性,就会越来越大,乃至"重演"。所以,我们对个人迷信,对封建专制主义,再也不能掉以轻心了,必须时刻严肃地警惕它,揭露它,扫除它!既要不厌其烦,又须有股子缠磨劲头,一直缠磨到伟大的五四运动所提目标的彻底实现为止。

我的两大"情结",前一个是自愿养成的;而后一个,则是被迫形成的了。我们中国人喜欢论阴阳,如果后一"情结"是"阴",那么前一"情结"便该是"阳"。倘不与"阴谋""阳谋"相混,而使阴阳合一,那便是我这个具体的人了。知道这一点,对了解本书和我本人,是很有必要的。

作为此书主干的《昨夜西风凋碧树》,自今年年初发表以来,半年间,接到认识与不认识的朋友的来信或电话,有八十余封(个),多数表示了勉励,除《长城》上有十五篇"笔谈"外,由刊物和报纸加给的相关按语，也有五条之多，有的按语甚至说，它"在文学界、思想界引起了很大反响"。这实出我之意料，连我影响较大的《小兵张嘎》，也不曾获得过如此赞誉。于是朋友们督励我"乘势追击"，把"故事"继续往下写。他们以为，党外生活二十年，当有更多的"戏"好看。

其实，我在前十多年写的《我的喜剧》中，有不少篇章，便是对那阵子"党外生活"的回忆。但由于每篇一题，每题一事，中间缺乏串联，未成体系。加以写时心境时变，情绪不同，还有时开点玩笑，杂些点染，有的读者便把它们当作小说来读。若究其内涵，无一不是作者亲历亲见，与《昨夜》一文实是一脉相通的。试看那些精妙的情节，岂是我这等笨拙机械的头脑编造得出来的？这次，便把它们略略加工，作为人生纪实，权充"故事后面的故事"，以为本书添一点"新鲜"和"复杂"。

在前面提到的朋友来信来电(话)中，也有对《昨夜》的批评。如一位朋友说："前面写得还可以，只是后面不应那样写。"语气颇平和，让人感动。但似乎言外还有意，未能把话说完。于是我想，在那文的结尾，我曾郑重声明过，全篇文字之用意，只在最后那段话，此外"岂有他哉？"不这样写，又该怎样写呢？难道对文中一切仍山呼万岁吗？另有一位同学，劝我"站得更高些"，当然一片好心，但经思考之后，我只能苦笑：我怎能自甘堕落，不愿站高呢？可我也就是刚从趴着的状态跪起来，身子还不曾站直，如何会站得更高？同学的好心实在让我勉为其难了。

至于全篇文字，也略有增删。经朋友们查对指正，原文中有些与事实不符的地方，都据实改过了；有些因我之粗枝大叶，没有说清或说准的，也逐一补正过来。我很知道，读者朋友们是喜欢真确的，也只有真确，才能引起真正的信服和愉快。近日有位年轻的同学，写文章评我是"生活型作家"。很对，我很乐意接受，就算是"记录生活"或"照抄生活"吧，也并非对我的贬低。自学习写作以来，我一直信奉：生活是第一性的，生活是写作的源泉，这是颠扑不破的真理。至于缺乏联想和哲思，只要我活着，当然要努力充实提高，但那毕竟是第二性的。

感谢北京十月文艺出版社，是他们的精心精意，使此书得以出版，这也许是我此生最后的一本小书了。

徐光耀

2000 年 12 月 10 日

于自拔斋

图书在版编目 (CIP) 数据

昨夜西风凋碧树 / 徐光耀著. — 北京 : 北京十月
文艺出版社, 2016.7
ISBN 978-7-5302-1560-9

Ⅰ.①昨… Ⅱ.①徐… Ⅲ.①回忆录—中国—当代
Ⅳ.①I251

中国版本图书馆 CIP 数据核字 (2016) 第 040365 号

昨夜西风凋碧树
ZUOYE XIFENG DIAO BISHU
徐光耀　著

出　　版　北京出版集团公司
　　　　　北京十月文艺出版社
地　　址　北京北三环中路 6 号
邮　　编　100120
网　　址　www.bph.com.cn
发　　行　新经典发行有限公司
　　　　　电话（010）68423599
经　　销　新华书店
印　　刷　三河市三佳印刷装订有限公司
版　　次　2016 年 7 月第 1 版
　　　　　2016 年 7 月第 1 次印刷
开　　本　880 毫米 × 1230 毫米　1/32
印　　张　8.25
字　　数　125 千字
书　　号　ISBN 978-7-5302-1560-9
定　　价　28.00 元
质量监督电话　010-58572393

版权所有，未经书面许可，不得转载、复制、翻印，违者必究。